王太子殿下と秘密の貴婦人

contents

イラスト／みずきたつ

王太子殿下と秘密の貴婦人

序章

まだ十代の若き公爵夫人シャルロット・ディ・カリィは、王都屋敷の女主人用衣装室にある姿見をつぶさに眺めた。

鏡が映しているのは、晩餐会《ばんさんかい》に相応《ふさわ》しい豪華なドレスを纏《まと》う貴婦人の姿だ。

金褐色の髪と、ほぼ同色の瞳の色。真剣そのものの表情が華美なドレスにそぐわない感じがして、緊張しているのが自分でも見て取れた。

それを解《ほぐ》すために、微笑《ほほえ》んでみる。

――にこ……っとね。にこ……っと。……家庭教師の先生が《微笑は武器になります》と言われていたけど、本当にそうかも。自分を隠すためにも使えるわね。

結婚をしているので髪はきっちり結われているが、頬の両脇を流れる二房と前髪は綺麗《きれい》なウエーブを描いて彼女の若々しさを示している。

派手なドレスよりも可愛《かわい》らしいものが似合うと夫リチャードに言われていたが、今夜は大人の雰囲気を持ったものを用意するよう衣装係の侍女たちにお願いした。

「これなら公爵夫人らしく見えると思うけど……。どうかしら？」

着付けられたのは、古典柄で地紋の入った朱色のドレスだ。半透明の白いジョーゼットと繊細なレースがふんだんにあしらわれ、主張が激しいわりに品がよい。

夜のドレスらしく襟元も背中も広く開いているから、彼女の白い肌がより美しく強調されていた。これだけ開いていても、残暑の熱が夜にも残っているから寒くはない。

確かに大人っぽいドレスだ。首回りを飾るネックレスの宝石類や、幾つも嵌《は》めた指輪の豪奢《ごうしゃ》な感じが、カリィ公爵家の財力を物語っている。まさに公爵夫人！　……と思うのだが。

鏡を見ていた彼女が振り返って問いかければ、侍女たちが澱《よど》みなく答えてくれる。

「はい。奥様。大変お美しゅうございます」

「このドレスですと、お腰の細さがいつもより目立ちますね。公爵様も、きっと目を細められてたくさんお褒めくださいますよ」

シャルロットの唇に、今度は自然な笑みが溢《あふ》れる。

二年前に結婚した相手、リチャード・ディ・カリィは、シャルロットよりも三十二歳年上だ。この年齢差では親子といってもいいほどで、実際、父親と娘のようなやり取りも多い。

リチャードは、カノーファ王国の現国王の弟にあたる。王弟殿下だ。

「フランシス殿下も驚かれますでしょう。奥様は宮廷の社交場にはお出になられませんし、ご結婚当時、殿下は大学にいらっしゃいました。殿下にお逢《あ》いになるのは初めてでいらっしゃるのではありませんか?」

にこにこと笑う若い侍女は、先日正式に王太子となったフランシス・オブ・カノーファが、カリィ公爵家の晩餐にやって来ると伝えられたときに大喜びをした一人だ。

招待客は彼だけと聞いている。主賓だ。見目麗しく聡明《そうめい》で明るいと評判のフランシス王太子殿下は、シャルロットよりも三歳上で、今年二十一歳になる。

リチャードの甥《おい》だから、シャルロットにとっても甥だ。フランシスからみれば彼女は年下の叔母になる。

年齢差があるからという理由で、シャルロットとリチャードは大仰な結婚式はせず、公爵家の敷地内にある聖堂で、神父の前に二人だけで立った。親族の顔合わせも、リチャードの兄君となる国王陛下に、王宮でひっそりと逢ったのみだ。

「初めてお逢いする……そうね」

わずかな戸惑いを見せながら、シャルロットは再び鏡に目を向けた。

二年前は小柄で細くて少年のようだった彼女は、十八歳の今、相変わらず平均身長より低いとはいえ、どこからどう見てもちゃんとした女性に見える。

——フランシス様は、すごく敏《さと》い方だわ……。でも、これなら分からないわよね。これほど女性的なドレスで、髪型もまったく違うもの。身長もあのころより少しくらいは伸びていると思うし、多少は肉付きもよくなっているし。

シャルロットには、公《おおやけ》に出せない秘密があった。

結婚してすぐに、リチャードにお願いして大学都市ベルンで半年の大学生活を経験した。十六歳のときだ。

周囲に都市を形成できるほど大きなベルン大学とはいえ、女性には門戸を開いていない。シャルロットは男装をして、シャルル・シーモアという少年の名で半年の間、大学に通った。下宿先は、リチャードが懇意にしているブラウン教授の家だ。

宮廷社交界では、付添い人もなしで未婚の女性が出歩くことを許さない。未婚の女性は〈屋敷の奥で結婚のための自分磨きをすること〉というのが貴族家の女性観だ。

既婚者でも外へ出るときは侍女と従僕が必須なのに、シャルロットはその条件を満たさず、男性主体の大学都市に男装して半年も一人でいた。

外に漏れれば、どれほどの醜聞になることか。王宮社交界では嘲笑の的になるだろう。

大学生活は素晴らしいものだったけれど、誰にも話さない方がいいとリチャードには注意されている。

彼女は大学都市でフランシスに出逢《であ》った。

――あのときは、髪を切っていたわ。殿下にはすごくお世話になったのに、何も話さず半年で消えてしまった。きっとお怒りになったでしょうね。

シャルロットからすると、先輩であり学友でもあるフランシスには、ずいぶん面倒を見てもらった。たくさん議論をして遊びもした。女だったとは、見抜かれていないはずだ。

――〈男装〉だと分かれば、指摘されているはずよ。花嫁修業ばかりの寄宿女学院と違って、一般教養と専門を学ぶ大学に、女性は入れないんだもの。

女だと知られれば即時退学だ。

リチャードが学長へ申し入れて、半年の留学扱いになっていた。学長も了解の上だったとはいえ、規則を曲げていたから誰が知っても快く思わないだろう。フランシスであっても。

――〈シャルル〉は女の子だった……なんて、最後まで分からなかったはず。

誰かに同意を求めるわけにもいかず、彼女は微《かす》かにうんうんと頷《うなず》いて自己確認した。鏡に映る貴婦人然とした自分も頷いている。

何気に優雅さが漂うのは、シャルロットが小柄ながらも大層、美しいからだが、本人にその自覚はない。

二年前の男装時には前髪を額に垂らして切り下げ、後ろ髪を襟足辺りで真《ま》っ直《す》ぐに切りそろえた髪型にしていた。いわゆる〈ボブスタイル〉だ。

髪は二年の間にそれなりに伸びて、肩先から少々下がるくらいになっている。

今夜は、両頬の横側にある髪を、コテをあてて巻き加減を深くした。顔の造りは変えようもないが、化粧をしているから多少は違って見えるだろう。

――これなら〈シャルル〉とシャルロットが同一人物だと分からないわ。……そうよね？

ね？　……誰か大丈夫だって言ってくれないかな……。

鏡を見てどれほど心の中で確認しようとも、心配は拭《ぬぐ》えない。

大学時代のフランシスは第三王子だった。王位からは遠く、自由に学生時代を謳歌《おうか》していた。おおらかで友人も多く、勉学にも励んでいた彼は、たまたま出逢った〈シャルル〉という少年のおぼつかなさを助けられるような懐《ふところ》の深さまであった。

〈シャルル〉が消えて一年後くらいに、当時王太子であった長兄が急死して、フランシスは大学都市から王宮へ呼び戻された。

国葬が終わったあと、国王陛下が第二王子のサミエル殿下を飛ばしてフランシスを王太子に指名したことにより、王宮内も貴族で構成される貴族院も大騒ぎになった。

彼女は社交界へほとんど出ていないので、そういった話はすべて夫からのものだ。

それもようやく決着がついて、フランシスは正式に王太子になった。次期国王だ。今夜はその祝いを兼ねて、カリィ公爵家の晩餐に主賓として彼を招いている。

祝いの席である以上、普段は表舞台から切り離されているシャルロットも、公爵家の女主人という立場で同席しなくてはならない。

王太子の指名で半年ほど揉《も》めているから、大学都市から〈シャルル〉が消えて、一年半過ぎての再会だ。

こんこんと扉を叩《たた》く音がする。はっとして振り返れば、廊下側から執事の声が聞こえた。

「奥様。王太子殿下が王宮を出られたと先触れが来ました。特室サロンへお移りください」

侍女に軽く頷けば、一人が扉を開ける。

執事はシャルロットがいつもより大人びたドレスを纏うのは知っていただろうに、微妙に目を見張ってから慌てて面を伏せて視線を外した。

どんなときにも必要以上の言葉を発しないこの執事はとても優秀だ。シャルロットが屋敷に来て以来、彼からもたくさんのことを教えられている。

かといって慣れ合うことのない執事は、彼女の姿を見て何を考えたのだろう。奇妙な点があれば指摘してくれるはずだから、これでいいとは思うが。

——変なところがあっても、もう直す時間はないわ。いっそ変でいいかも。〈シャルル〉と分からなければ、それで。

思い切りもよく、スパッと決めてスパッと動く。即断即決を身上としていなくても結果的にそうなってしまう彼女は、自己完結しがちで、時たまこけるというおまけまでついている。

自分の欠点を心に留めて今夜を乗り切ろうと胸臆で拳を握ったシャルロットは、ドレスの裳《も》裾《すそ》を綺麗に捌《さば》いて、貴賓用の応接室である階下の特室サロンへ向かった。

侍従が開いた扉から特室サロンに入る。リチャードはすでに来ていた。

「リチャード様。お待たせして申し訳ありません」

彼女からすれば〈旦那様〉なのだが、リチャード本人から名前で呼んでほしいと言われたのでそうしている。

裳裾の端を摘まんで軽く会釈をする。このごろは貴婦人の礼もさまになってきていると思う。

二年前は自分でも分かるほど無様でぎこちなかった。

窓際に立って外を眺めていたカリィ公爵リチャードがゆっくり振り返る。

背が高く痩身だ。濃いブラウンの髪は、動いても大して靡《なび》かない硬さがある。リチャードの堅実で厳格な性格を映したような剛毛だ。瞳は黒色に見えるが、実は藍色をしている。

リチャードは今年五十歳になっているのに、もっとずっと若い感じがする。細身であっても、肢体の中に鋼でも入っているかのようにしっかりとした立ち姿だ。

彼には心臓疾患という重荷がある。その影をまったく感じさせないのは、それだけ精神が強《きょう》靭《じん》なのだと思う。

近くまで来たリチャードは、微笑んでシャルロットに腕を回すと緩く抱きしめてくれる。次には額に軽いキスを落とした。

これが妻に対する彼の挨拶だ。熱情も束縛もなくただ包み込むような優しい愛情を注いでくれるリチャードは、夫というより父親のような感触が強い。

低く落ち着いた声が上の方から注がれる。

「待たされてなどいないよ。私は速く動くことができないから、何事も早めに完了するようにしているだけだ。気にすることはない。それより、今日はとても大人の女性を感じさせるね。

フランシス殿下にお逢いするから、公爵夫人としての気構えを示そうという意図かな」

当たらずとも遠からずだ。大学都市でフランシスと出逢っていることはリチャードにも誰にも話していないが、もしかしたら、ブラウン教授から聞いているのかもしれない。

「公爵夫人らしく見えるのなら、着付けに何時間も掛けたかいがあります。何度も鏡を見て調整しました」

その答えが面白かったのか、リチャードは楽しげな表情をした。

「相変わらず一生懸命だね、おまえは。今夜も美しいよ」

「ありがとうございます」

顔を見合わせて微笑み合う。背の高いリチャードだから、小柄な彼女を見つめるためには、かなり目線を下げなければならない。逆に彼女はぐっと見上げる形になる。こうした背丈の差も、親子のような感覚を齎《もたら》すのだろう。

会話は穏やかに流れ、そうしているうちに太陽は西に隠れた。執事がやってきて、フランシスの訪れを告げる。

特室の両開きの扉が開かれた。ドキドキと鼓動が高鳴り始めたシャルロットは、顔を上げていられなくて床を眺める。

――またお逢いできるのは嬉《うれ》しいけど……怖い。万が一、同一人物だと気づかれたら、あの少年は、実は女でしたってことがあの方に分かってしまうのね。いきなりいなくなったのを怒られても仕方がないけれど、フランシス様に嫌われるのは……いや、かも。

自分が招いた結果とはいえ、覚悟しきれない怖さがある。

リチャードが両腕を広げて、迎え入れるようにフランシスに近づいてゆく。シャルロットもそれに続いた。

「よくおいでくださいました。フランシス王子。いや、王太子殿下、でしたな。今夜はお祝いの席として最高の酒と料理を用意させております」

「叔父上、お招きありがとうございます。王宮で散々お世話になりながら、こうしてお祝いまでしていただけるとは、恐悦至極です」

「王太子としての公儀のお披露目《ひろめ》は王宮の方で予定されているのに、少しばかり先走ってしまいましたな。そうそう、これは二年前に婚姻を成した妻のシャルロットです」

下を向いてばかりもいられない。公爵夫人となったときに付けられた家庭教師は、顔を上げてしっかり相手を見るようにと彼女に教えていた。

すぅっと顔を上げる。数歩離れた場所に立っているのは、すらりと背の高い美青年だ。

煌《きら》めく柔らかなブロンド、透き通った湖のような青緑色の瞳。陰影が深く、鼻梁《びりょう》の通った端麗な顔。大学都市で出逢ったフランシスに間違いない。

意思の強さがありありと分かる眼力と引き締まった表情は、あのころよりも鋭さを増している。皮肉も言えば優しく微笑むこともできる薄めの唇が少しばかり開いていた。驚いたという顔に見えなくもない。

食い入るように見つめてくるフランシスと、シャルロットの瞳がぱちりと合う。彼女の心臓が煩《うるさ》いほど狂い哭《な》いた。

――以前より大人びていらっしゃる。当然よね。二年近く過ぎているもの。

疾走する鼓動の音が外へ漏れてしまうのではないかと心配になるくらいだ。フランシスは、貫かんばかりの強い視線で彼女を凝視していた。

――挨拶を、しないと……っ！

己を叱咤《しった》激励《げきれい》しつつ口を開く。

「王太子殿下。お逢いできましてまことに光栄に存じます。シャルロットと申します」

シャルロットは震える手でドレスの裳裾を摘まむと、深く頭を下げた。貴婦人の最上礼だ。

すうっと頭を上げる。訓練とは大したもので、背筋をピッと伸ばした美しい立ち姿になった。

顔はまっすぐ彼に向け、視線も揺るがせない……ように、必死で自分を鼓舞する。

固まったようにして表情が伺えなかったフランシスの口角が、すうっと上がった。その魅惑的な動きに、シャルロットは後ろに倒れてしまいそうになる。

綺麗な笑みだ。魔的な妖しさがある。しかし、こういうふうに笑う人だっただろうか。

微かに開いていた薄い唇がさらに開かれて言葉を発した。

「初めてお目にかかります。フランシス・オブ・カノーファです。私のことは名前でお呼びく

ださい。叔母上……とお呼びしてもよろしいですか？」

「はい。どうぞ、お好きなようにお呼びくださいい、フランシス様。これからもどうぞよろしくお願いいたします」

言い切れたことに安堵《あんど》して、シャルロットの顔に心からの笑みが浮かぶ。

——大丈夫だった。

気づかれていないことに深く安堵する。フランシスが晩餐に来るという予定が伝えられて以来、髪型やドレスのことなどを何日も考えたのは、無駄ではなかった。

フランシスは最初の無言無表情から一転して優しい笑顔を見せると、彼女の右手を下から掬《すく》い上《あ》げてその甲に口づけた。

「叔父上の若い細君の噂《うわさ》は、王宮内の大きな話題の一つですよ。叔母上、お目に掛かれるのを楽しみにしておりました。しかし、これほどお美しい方だったとは。叔父上もお人が悪い。屋敷の奥に隠されていては勿体《もったい》ないですよ」

フランシスは、シャルロットの手を名残惜しそうに離した。彼の肩を、リチャードはポンポンと叩いて歩き出す。行き先は晩餐の間だ。外は宵闇が漂い始めている。

どちらも高い上背があるので、並んで歩く姿も様になっていた。シャルロットは後ろからついて歩く。フランシスが妻帯者であればシャルロットの横には王太子妃がいることになるが、彼はまだ婚約もしていない。

「美しい妻を得ると、自慢したくて人に見せる者と、隠したくなる者とに分かれるのではないかね。私は隠したい方だ」

「叔父上らしい。宝物は常に懐に隠される。外に出されるときは、最高の時と場を用意されるのでしょう？」

「そういうことだ。そろそろ社交界へ出さなくてはならんだろうが、心配だな」

「心配されるお気持ちは分かりますよ。叔母上を攫《さら》いたくなる者は大勢出るでしょうね。本当に……抱えて走りたいくらいですよ」

冗談めかして言い、フランシスはちらりと後ろへ視線を投げて寄越《よこ》す。リチャードは鷹揚《おうよう》に笑った。

シャルロットは、向けられたフランシスの微笑に狼狽《うろた》えた。先ほどの妖しい笑みと同じ違和感を覚える。

（……フランシス様は、以前となんだか違う？　大学にいらっしゃったときは、もっとおおらかに笑っておられたと思うけど。でも、王太子殿下になられるまでが大変なら、そのあとも順風満歩とはいえないとリチャード様が話しておられた。そのせいかもしれないわね）

次男を飛ばして三男が王太子になるには、国王の指名と議会の承認が必要だった。国王はともかく、王弟のリチャードが強硬にフランシスを押して、議会での議論を引っ張ったそうだ。フランシスにとってリチャードは、叔父であり、最大の後見者でもある。

ところが、決定しても騒ぎは終わらなかった。

次男のサミエル王子が王太子に指名されなかったのは、あまりにも放蕩《ほうとう》を繰り返したからだという。ただ、権力争いには、放蕩など些細《ささい》な理由でしかなく、あちら側の勢力とは今もって陰に日向《ひなた》にぶつかりあっているようだ。

リチャードの話では、フランシスの暗殺騒ぎまで起きているという。

（フランシス様は、次期国王に相応しいお方だと思うけれど、簡単にはいかないのね……）

明るく前向きで、勉学に勤《いそ》しんでいた大学での彼の姿が脳裏を過る。友人も多かった。周囲の者たちを引っ張る力もある。国の未来についても大いに語っていた。

シャルロットはリチャードとフランシスの背中を見つめる。

経験も豊富で財力も力もある年配の紳士と、これから先どんどん伸びそうな若い貴公子の二人の背中は、年齢的な差こそあれ、どちらも男性としての魅力に溢れていた。

そして晩餐が始まる。

晩餐では、男性二人の会話を興味深く聞いた。料理長が腕をふるった料理も美味《おい》しい。軽いお酒しか飲めなくても、楽しいひとときだった。

夜も更けてから、フランシスは見た目にも分かるほど上機嫌で王宮へ戻って行く。馬車が表玄関から離れてゆくのをリチャードと連れ立って見送った。

隣に立つリチャードが遠ざかる馬車を眺めながらシャルロットに問う。

「彼をどう思ったかね？」

「……とても素敵な方だと思いました。ご立派な国王陛下になられますね、きっと」

「そうだな。ただ、まだ結婚相手が見つからない。そろそろ婚約の一つもしないと、後ろ盾の力が不足するときに困ることになる」

ぎくりとしてリチャードを見上げる。心臓に問題のあるリチャードは、長く生きられないと、すでに説明されていた。

鋼のような夫はシャルロットを眺めて柔らかく笑う。リチャードは彼女の肩を緩く抱くと、共に歩いて屋敷の中に入った。

その夜から、フランシスはカリィ家の屋敷をたびたび訪れるようになる。

王宮では話せないことを相談したり、気晴らしを兼ねてリチャードとチェスの勝負をしたり、楽しく有意義な時間を過ごしているように見えた。

盤上の戦いには、ときおりシャルロットも参戦するが、悔しいことにフランシスには一度も勝てたことがない。

季節は晩夏から秋、そして冬へと移る。五十一歳になったリチャードは、気温が下がってくるのが堪《こた》えるようで、ベッドに横になることが多くなった。

シャルロットは心配で仕方がない。昼間はできる限りリチャードの部屋で過ごす。

生誕祭も過ぎて、年も明け、水温《ぬる》む春が近づく。シャルロットは十九歳になり、フランシスは二十二歳になった。

思わず口元に微笑を浮かべたシャルロットは、駒を進めるために手を宙に浮かせる。フランシスとの盤上の戦いは、次の一手で終了するはずだ。

「E—5ビショップ、チェック」

軽やかな声がリチャードの寝室に流れ、同時に細い指先が駒を動かした。袖にあしらわれた繊細なレースが、開け放たれた窓から入る初春の風に乗ってふわりと揺れる。

ゲーム中の緊張から満足な結果へたどり着いたことで、シャルロットは気持ちが高揚するのを抑えきれない。

——あぁ、とうとうこれでフランシス様に勝てた……。……かな？

満面の笑みで顔を上げた彼女は、ゲーム盤を載せた小ぶりのローテーブルの向こうで、一人用肘掛け椅子に座ったフランシスがとてつもなく真剣なまなざしを彼女に向けているのに気が付いた。

どきりとする。フランシスはたまにこういう〈人を切り裂くような眼〉を彼女に向けてきた。大学都市ベルンで笑いあって過ごしたフランシスから寄越されたことのない視線は、彼女に言い知れぬ不安を呼び起こす。身震いがでそうだ。

ところが、それはいつも一瞬で終わる。すぐに彼はニコリと微笑を浮かべ目を細めた。

緊張から緩和へ移動すると、自分が熱を帯びてとろりと蕩《とろ》けるようにも感じられて、シャルロットはいつも戸惑ってしまう。

「フランシス様、あの、なにか」

「この巧手《こうしゅ》は、今考えられたものですか？　叔母上」

「え……？」

眩《まぶ》しいようなフランシスの金髪がさらりと揺れる。急激に膨らんでくるいたたまれなさを抱えながら、シャルロットは完成した盤へ目線を下げた。

盤上の駒の状態を見つめ、ここへ行きつくまでの動きを思い起こしてゆく。百手前までも脳内で再現させながら、みるみるその作業に集中していった。

こうなると彼女の感覚も意識もすべてが一点に向かい、周囲の状況は遠ざかってしまう。昔から本を読むときや考えごとに没頭するときは、近くで何か言われても知覚できないという困った癖がある。今もまさにその状態だ。

シャルロットが怖いと感じるきつい視線で、フランシスが再びこちらを凝視しているのも気が付かない。

——わたしが仕掛けたこの手……。そう、そうだわ、ベルンでやったのと同じ手じゃないかしら……っ。な、なんてこと。

二年以上も前だ。そのときは、フランシスにどうしても負けたくなくて、一晩待ってもらって考えた結果の指し手だった。彼は緩やかに笑って《よくやった》と言ってくれたが、覚えていたということだろうか。

どきどきと早まる鼓動が収まらない。顔が上げられなくなってしまった――と、突然、咳込《せきこ》む声が耳に入る。

「ごほっ、ごほっ……」

はっとして顔を上げたシャルロットは、慌てて椅子から立ち上がる。

ドレスのための女性用の椅子とローテーブル、フランシスが腰を掛ける対面の肘掛け椅子は、天蓋付きの豪奢なベッドの横にセッティングされている。

ベッドで横になっているのは、一日のほとんどを寝込むようになったリチャードだ。叔父の体調を心配するフランシスは、カリィ公爵邸を訪れる頻度を高くしている。

秋から冬に入るころ、背を起こしているのが負担になったリチャードは、フランシスとチェスの対戦をするのに、ベッドから声を出してシャルロットに指示を出すという形を取った。

彼女は駒を動かし、フランシスの指し手を口に出して伝える。しばらくはそうやってリチャードはチェスを楽しんでいた。

冬が深まると、対戦を始めても彼は半分ほどでシャルロットに続きを任せて、駒の動きを耳で追うだけになった。

春の気配が漂う今は、シャルロットが最初から最後までフランシスの相手をして、リチャードは声によって伝えられる盤上の状態を脳裏で描いている。

リチャードの容態はどう見ても悪くなっていた。それなのに、シャルロットに詳細が説明されることはない。医師はフランシスと話をする。

『わたしは、妻なのですっ！　なぜ教えていただけないのですか！　今どのような状態なのか、これからどうなるのか。知らないままでいることなどできませんっ』

『叔父上は、あなたに心配を掛けたくないと言われている。叔父上の心を安らかにするためにも、叔母上にはいつも通りに振る舞っていただきたい。叔母上は、何かを聞けば、動揺する気持ちを隠し切れないでしょう？』

心配や不安が外に出てしまうと言われた。その通りかもしれない。

彼女が心配するのをひどく嫌がるリチャードは、無理をしても起き上ろうとするから、フランシスの判断は間違っていない。

いつも通りにしていてほしいと本人からも言われると、浮いたり沈んだりする気持ちを宥《なだ》めながら傍についているしかない。

咳《せき》をしたリチャードを気にして立ち上がったシャルロットは、彼の様子を伺うために、ベッド横に立って上体を軽く倒す。リチャードの厳格な雰囲気が、今はとても薄い。

——痩《せ》せてしまわれた……。

気は急くが、心配しているという気配を極力出さないよう気を付けてゆっくり尋ねる。

「お苦しいですか？　ご医師を呼びましょうか？　リチャード様」

咳を抑えるためなのか、口元を軽く手で覆い、目を閉じていたリチャードが瞼《まぶた》を上げる。藍色の瞳が細く覗《のぞ》いたので、彼女はほぅと小さく息を吐いた。

シャルロットと同じような姿勢でフランシスが横に立っている。

二人を眺めたリチャードは少々掠《かす》れた声で言った。

「すまないな、勝負に水を差してしまった。……シャルロットの勝ち、かね？」

「はいっ。……何とか」

思い切りの笑顔を見せる。うんうんと満足そうに頷いたリチャードは、再び目を閉じてしまった。掠れた声が聞こえる。

「シャルロット、殿下をお見送りしてくれないか？　私はここで失礼させていただく」

「叔父上。また来ます」

微《かす》かに頷いたリチャードに軽く頭を下げてフランシスが動き出す。シャルロットはそのあとに続いて部屋を出ると、できる限り音を立てないよう扉を閉めた。

長い廊下を無言で歩いて玄関ホールへ向かう。けして隣を歩こうとしないシャルロットを振り返って、フランシスが言葉を掛けてくる。

「叔父上の心臓疾患は幼いころに見つかったそうです。今まで普通にしてこられたのが奇跡のようなものだ。特にここ数年は楽しそうにしておられた。叔母上が傍にいらしたからでしょう。あなたがおられるから、どういう状態になっても叔父上は心の平安を保てるのです」

いつの間にか廊下の床を見ながら歩いていたシャルロットは、ぱっと顔を上げる。見開いた眼でフランシスを見上げているうちに、とめようもなく目尻に涙が滲《にじ》んだ。

「わたしの方こそ、リチャード様にたくさん助けていただきました」

シャルロットにとって、家族のすべてがリチャードだ。両親のシーモア男爵夫妻は、彼女が十二歳のときに列車事故でこの世から去っている。兄弟も、親しい身内も誰もいない。

涙でゆらゆらと揺れる視界の中で、フランシスが心配そうにこちらを見ていた。

（……そういえば、王太子位についたとはいえ、強力な後ろ盾であるリチャード様はもう王宮へは行けないんだわ。不安なのはわたしばかりじゃない）

右手の甲で目元を擦ったシャルロットは、決意を滲ませた視線でフランシスを見上げる。

「わたしはいつも通りに、普通にして、リチャード様のお傍についています。こちらは大丈夫です。フランシス様はご自分のことを優先してください」

ふっと彼の眼が見開かれる。すぐに貫かんばかりに視線がきつくなった。いつもそうだが、こういうふうに見られるとシャルロットは怖さを感じ取ってしまう。

一瞬で優しげなまなざしに切り替わるのが常だったのに、そうはならなかった。フランシスは、彼からは聞いたことのない詰まったような声を出した。

「純粋で一途《いちず》でひたむきで……そして強い。叔母上にはいつも驚かされる」

フランシスの右手の掌《てのひら》で頬をふわりと包まれて、シャルロットは近づきすぎているのに気が付いた。慌てて一歩下がって彼の手から逃れる。

触れられた頬が熱い。熱を持っているのを自覚すると、もっと熱くなった。

フランシスは宙に浮いた手をぐっと握りしめると目線を下げて踵《きびす》を返し、彼女を廊下に残して行ってしまった。シャルロットはその後ろ姿を、ぼんやりとした面持ちで見送る。


春の息吹がすぐそこまで来ている。

「リチャード様。今日は暖かいです。窓を開けましょうか？」

「そうだな……。開けてくれ」

公爵家当主の寝室は二階にある。シャルロットは南向きの窓を開けて、身を乗り出すようにしながら外の空気を吸った。

「気持ちがいいですね」

ベッドで横になるリチャードへ向かって、にこりと笑う。

「春の花は、まだ咲いていないかね？」

「まだですね。でも数日中には咲きそうです。こんなに暖かな陽射《ひざ》しですもの」

シャルロットは窓から中庭の花壇を眺めると、つとめて明るく答えた。

「おまえの母親は春の小花のようだった。同じように可憐《かれん》だが、おまえは雪の中でも咲く花だな。そう、……雪割草という名前だったか……」

聞きそびれてしまいそうな小さな声だ。

――母親？　リチャード様はわたしのお母様をご存じなのかしら。

尋ねたいと思ったが、目を閉じたリチャードの眠りを妨げたくなくて、そっと歩いてベッド横の椅子に座る。そこが彼女の定位置だ。話し相手もすれば、眠りの番もする。

できる限りリチャードの傍にいる。世話そのものは近侍やメイドたちがしていても、シャルロット自身でお茶も淹《い》れるし、窓も開ける。

そうやって動いていなければ叫びだしてしまいそうだ。

いつもたくさん話をした。その夜もとめどなく話をしてから、シャルロットは自分の寝室へ引き上げた。

夜は一人で眠りたいというリチャードの希望を優先して、誰も付き添わない。このごろは、あまり大きな声が出ないようだったが、その夜もいつもと同じで苦しげには見えなかった。

そうして次の朝、リチャードは眠っているような安らかな顔で息を引き取っていた。

第一章　誤解と曲解と出逢ったあのとき

季節は夏の終わりを迎えている。

カノーファ王国の貴族界における最近の主な話題は《王弟殿下のご逝去により、カリィ公爵家の莫大《ばくだい》な財産はすべて、三年前に婚姻を結んだ若い妻に渡る》ということだ。

春にリチャードが亡くなったとき、社交界は彼が心臓疾患の持ち主だったことを思い出した。早逝すると医師に宣告されていたのを、リチャード本人も意外なほど長く生き長らえたので、皆そのことを忘れていた。

残ったのが若い未亡人シャルロットだ。

飄々《ひょうひょう》と生きていた公爵が、三年前、何を考えたのか三十二歳も年下の妻を迎えた。地位からすれば派手な結婚式をしてもよかったのに、二人だけで敷地内の礼拝堂で婚姻の義を終えたという。当時は大層な噂になったものだ。

リチャードが兄である国王陛下に告げて初めて、公爵の結婚が衆知の事実になったという状態では、あれこれ詮索されるのも無理はない。

妻となったシャルロットが、内緒で王宮へ行き、国王陛下に挨拶をしたとき以外は誰にも逢わなかったので、彼女が直接、憶測や陰湿な陰口を浴びることはなかった。

その代わりに、彼女は爆発するように膨らむ話題の中心人物に躍り出る。本人は知らないが。どれほど周囲に要求されても、リチャードはシャルロットを好奇の目に晒《さら》すようなことはしなかった。

三年過ぎて、表舞台に姿を現さない公爵夫人の噂もネタ切れになったころ、リチャードがこの世を去る。そうして再び、シャルロットの存在が世間を騒がせることになった。

葬儀がある以上、表に出ないわけにはいかない。誰もが興味津々で公爵家へ弔問に訪れた。ところが、今度はリチャードの替わりに、王太子フランシスが彼女の前に立った。若い王太子が、怒涛《どとう》のように押し寄せる人と懸案事項を片づけてゆく。

国王陛下あての遺言書によって、国葬ではなく、家族を中心とした密葬が執り行われ、それを取り仕切ったのもフランシスだ。

シャルロットは感謝するばかりだが、ずっとこのままでいるわけにはいかないのも分かっている。

王太子位をすでに掴《つか》んでいるとはいえ、フランシスもまた最大の後ろ盾を失くしている。彼女のために、彼の時間を長々と奪ってはいけない。

春の終わりにサロンで一息ついたとき、黒衣のシャルロットは、対面に座るフランシスに言った。

「フランシス様。さまざまな手助けをしていただきまして、本当にありがとうございました。ですが、いずれは、わたしだけで対処してゆかなくてはなりません。社交界のことも、公爵家のことも。これ以上お手を煩《わずら》わせては、リチャード様に叱られてしまいます」

「いずれは、ですよ、叔母上。泣きはらした目をしておられるではありませんか。寝不足でふらふらしていては、独り立ちはまだ無理ですね」

俯《うつむ》いたシャルロットは、自分の弱さに唇を噛《か》んだ。

リチャードはもういない。孤独感が深くて足元が崩れそうだ。

「いたらなくてすみません。心臓に疾患があると最初から教えられていました。ですから覚悟だけはしていたのです。それなのに頼りないところをお見せしてお恥ずかしい限りです。今だけです。少し弱っているだけですから。いずれ必ず一人で立ちます」

「叔母上がそういう方だというのは分かっていますよ。今だけの手助けですから気になさらずにいてください。それに叔父上に対する私の気持ちもある。思うようにさせていただきたい」

彼の落ち着いた雰囲気と綺麗な笑みが、泣き崩れてしまいそうな彼女を支える。

春から夏になり、一か月、二か月と過ぎる間に、弔問客も少なくなってきた。

三か月を過ぎたころ、いつもの特室サロンでソファに向かい合って座《すわ》り、シャルロットはフランシスに伝える。

「もう大丈夫です。フランシス様は、ご自分のお役目にお戻りください」

さぁ、最高の微笑みを彼に向けよう——と、シャルロットは頑張った。

フランシスは、そんな彼女に向かって困ったような顔を向けてくる。

青緑の瞳の奥がゆらゆらと揺れた感じがしたと思ったら、彼は視線を彼女の後ろへ、あるいは天井へと彷徨《さまよ》わせた。言いたいことがあるが迷っているというのが外に出ている。

（？　……どうされたのかしら。わたし、何かいけないことを言った？）

フランシスの視線が定まり、彼はふっと息を吐く。真剣な表情で彼女の方を向いたフランシスは、鋭い視線で見つめてくる。怖いと感じた。逃げたくなって困る。

「叔母上。もっと頼ってくださってもいいのです。私は、王太子としてやるべきことはやっていますよ。時間の隙間を利用してこちらへ来ていますから。心配はご無用です」

「ありがとうございます。でも、これ以上はいけないのです。それくらい分かるつもりです。それに、わたしもそろそろ独り立ちをしなければなりません」

葬儀のあとでやって来た弁護士が、公爵家の財産はすべてシャルロットが受け取ることになると伝えた。王都の土地も屋敷も中にある調度や宝石もすべてだ。領地もそちらにある公爵家のカントリーハウスも。何もかもがシャルロットに渡される。

一連の正式書類はリチャード本人が存命中に揃《そろ》えていた。財産管理のやり方はリチャードから学んでいる。あとは実践だけだ。

公爵位だけが宙に浮いている。彼女がしかるべきところから養子をとれば、国王の許しを得られるかもしれない。今後はそれを考えてゆくつもりだ。

「本当に大丈夫ですか？　叔母上は、ご年齢の割にしっかりしておられると思いますが、どこか危なっかしいところもありますよ。そろそろ秋になる。やがて冬だ。雪でも降れば、滑って転ばれそうな慌てん坊さんでしょう？」

フランシスが茶化《ちゃか》したふうに言ってきたので、シャルロットはつい笑ってしまった。

「否定はしませんが、これでもずいぶん貴婦人らしくなったつもりです。結婚したときは、公爵家の妻としてとても未熟でしたけどね。表舞台に立てるような妻ではありませんでした」

穏やかな表情を見せてフランシスはくすりと笑う。大学での彼を思いだした。

シャルロットはしみじみと語った。

「嫁いできた十六歳のときから三年過ぎています。教育全般をリチャード様が手配してくださったので、これからは何とかなるでしょう。リチャード様がいらしてくださる間に、もう少し外に出るべきだったとは思いますけど」

「叔母上なら十分表に立てますよ。豊富な知識もある。頑張るところは人々の共感を呼ぶでしょう。何より、その美しさが武器になる。叔父上があなたを隠していたのは、単純に隠したかったからだと分かります。それだけ大切だったということだ。――シャルロットが」

いきなり舌先で転がすように名前を呼ばれた。どきんっと心臓が大きく波打つ。

――なっ、なぜ……っ。いえ、追及してはだめ。墓穴を掘りそうだもの。

頭の中は心臓よりも多少は冷静だったのに、頬は瞬く間に上気した。シャルロットは、俯き加減になって早い口調で話を締める。

「あの、ですから、もうよろしいのです……っ。ありがとうございました」

後見するフランシスのことを、リチャードはずいぶん心配していた。シャルロットとしては彼と親しくするより離れた方がいいと考える。

二人の関係を揶揄《やゆ》する人の囁《ささや》きが、彼女の耳にも入ってきた。

叔母と甥なのだから、これ以上近くなってはだめだ。優しくされれば気持ちも傾く。深みに嵌《はま》ってしまいそうだから近づきすぎるのは避けたい……と、ここでつい自分に問う。

――深み？　……って、どういうこと？

答えなど出ない問いだ。

眉を顰《ひそ》めたフランシスはきついまなざしを向けてくる。やはりこういうときの彼は怖い。シャルロットが彼から離れようと考えたのは、こういう視線で見つめられるのを避けたいと思う気持ちもあった。

「……分かりました」

深い声音で返事をもらう。泣きたくなった理由などは考えない。互いのためにその方がいいと思えた。それだけだ。

その日以来三か月、フランシスは屋敷に来なかった。風の噂に聞くところによれば、王宮でサミエル派との勢力争いが激化しているという。

リチャードなら大いに力になれるだろうが、彼女には無理だ。公爵家の財産を受け継いでも、女公爵の地位を願うこともなければ、それを国王に申し出ることもないシャルロットには、フランシスの重荷にならないよう後ろへ引くのが精いっぱいだったのだ。

カリィ公爵家の王都屋敷には、他の貴族家にはないものがたくさんある。

百年を超える歴史を持つ家柄だから、意匠を凝らした価値あるものが多いのは当然だろう。

その中でもシャルロットがすごいと思うのは、一階から三階の天井付近まで吹き抜けになった図書室だ。内部に螺旋《らせん》階段がある。

四方の壁一面が作り付けの本棚で埋め尽くされ、子供向きの童話から、国内ではこれ一冊しかないのではないかという蔵書まである。

王立図書館にないものがこの図書室にはあるとリチャードが自慢していた。

その日、黒いドレスを纏ったシャルロットは、両扉を開《ひら》いて図書室の中へ入った。

入ってすぐは、閲覧場所としてソファなどが置いてある開けた一角だ。そこに立って、かなり上方になる天井を見上げる。

視界に捉えた天井には、素晴らしい絵画が施されているが、それを見たいと思ったわけではない。この部屋独特の静寂感や重厚さを感じたかった。

——リチャード様が亡くなられて、そろそろ半年になるのね。早い……。

落葉樹が色付き始める季節だ。ひところの弔問客もおさまり、屋敷はかつてと同じ静けさを取り戻しつつある。

天井を見上げながらふぅと一息吐いた。身体中から力が抜けそうだ。

大学都市から戻った直後は、この部屋に足しげく通っていた。病床についたリチャードの傍から離れなくなってからは、足を踏み入れていない。最後にここへ入ったのは、一年くらい前だろうか。

「何があっても変わらないわね。ここは」

百年前の革本もある。一振りの炎で簡単に燃え尽きてしまうものでありながら、持ち主が変わっても泰然として残ってゆく。

——リチャード様がもっとも託したかったのは、この図書室なんだもの。大切にしたい。

屋敷内のどの美術品よりも、または、特別な謂《いわ》れを持った価値の高い宝石類よりも、この図書室が大切だとリチャードはシャルロットに話した。

それは一年前、秋が深くなるころのことだ。一緒にお茶の時間を過ごしていたときに聞いた。

『この屋敷の図書室は私の自慢だというのは話したね』

『はい。初めて案内してくださったときに』

『大切なのは本ばかりではなくて、あの場所だ。あそこには、かけがえのない思い出がある』

『思い出ですか？　どのような？』

『もっとも愛した人に別れを告げた場所なのだよ。彼女をまともに見たのはそれが最後だった。ずいぶん昔の話なんだがね』

『……そうなのですか』

妻の立場からすれば、その人は誰かと聞くべきだったかもしれない。けれどリチャードは、シャルロットの顔を見ながら静かに微笑《ほほえ》んだので、問《と》い質《ただ》すようなことはできなかった。

『おまえには、私の財産をすべて遺《のこ》す。あの図書室を維持してゆくにはかなりの経費が掛かるが、相続する財産があれば可能だろう。できるならあそこはあのままにしておいてほしい。無理にとは言わない。おまえができないなら、大切にできる人に渡してもいい』

『お言いつけは守ります。でも、そんなお心の弱いことを仰《おっしゃ》らないでください』

きゅっと唇を噛んでしまうと、リチャードはすまないと言って笑った。

彼とはたくさん話をしたように思っていたが、聞きそこなったことも多い。

「リチャード様がもっとも愛した人……って、どういうお方だったんだろう。聞いておけばよかった」

亡くなってしまうと、あとから確かめたいことが出てきても、どうしようもない。声が聞きたいと思っても、暖かな手に触れたいと思っても、もはや不可能だ。人が亡くなるというのはこういうことだと深く実感する。

散々泣いたのに、また涙が浮かぶ。指先でそっと目元を押さえた。

手近な本棚から一冊を手に取る。リチャードが好きだと言っていた古典文学の著名な一冊だ。

「……懐かしいな……」

一人になると、さまざまに思い出す。

列車事故による両親の死去、シーモア男爵家に入り込んできた伯父夫婦、カリィ公爵家からの縁談、そして大学都市ベルンとフランシス。

思い出す。過去の出来事を。

ポツンと一人残ってしまった今の自分のことを、考える。

シャルロットの生家になるシーモア男爵家は、正統なる身分と、領地からの収入で、ごく普通の貴族生活をしていた。

彼女はまだ小さかったから、王都にある男爵家の屋敷の奥で貴婦人になるための勉強をしながら、遊んで過ごして、日々を数えていた。

十二歳のとき、両親を亡くした。

熱を出していた彼女を屋敷に残して、どうしても行かなくてはならない領地の問題のために夫婦で出掛けた。列車事故だった。彼女の両親ばかりでなく、たくさんの人が亡くなって、現場はひどい有様だったらしい。

幼い彼女は一人になったが、すぐに母方の伯父夫婦という者がやって来た。伯父は彼女を緩く抱きしめ、涙を流して言った。

「一人でも残っていてくれてよかった。私たちは血が繋《つな》がっているんだよ。縁者だ。これからは、私たちが孤児となったおまえの面倒をみよう」

「孤児……?」

「たった一人ということだよ」

縁者だと言いながら、一人になったと強調された。

甘い言葉と優しげな態度、そして抱きしめてくれる腕。何も知らない十二歳の子供を言いくるめるのは、さぞかし簡単だっただろう。

両親を亡くした痛みに泣いていたシャルロットは、現れた伯父夫婦に取り込まれた。

覚えているのは、たくさんの書類にサインをしたことだ。

「こうしないと傍についていてあげられないんだよ。難しい言葉で書いてあるが、この書類には、シャルロットの後見に私たちがなるということが書いてある」

「後見？　なに？」

「お前を守る者ということだ。子供では男爵家を回してゆけないだろう？」

優しい伯父と伯母にいなされて、たくさんサインをした。

すべての手続きが終わると、二人の大人は態度を豹変《ひょうへん》させる。本当の伯父だったかどうかも分からないまま、男爵家は乗っ取られた。

そのころのことは、よく覚えていない。

シャルロットの自室は、陽のあたる広い部屋から、屋敷の隅にある小さな部屋に移された。

食事が次第に少なくなり、成長期に入っていた彼女はいつもお腹《なか》を空《す》かせていた。身長が伸び悩んだのも痩せていたのもそこに理由があるらしい。後にリチャードが説明してくれた。

いつの間にかメイドたちと一緒に掃除をしていた。昔から家にいた古い使用人はすべて解雇され、別な者に変わっていたから、親しく話すこともない。

「お母さまの、肖像画が、ない……っ」

「必要ないからねぇ。今の女主人は私なんだから、今度は私の肖像画を飾るのが当然というものだろう？　絵は、ほしいという方に渡したよ。高く売れた」

「そんなっ、ひどいっ。返してっ」

伯母に言うと、隣にいた伯父の手で叩かれた。伯母は細長い何かを持っていて、それを振ってシャルロットを打った。ずっとあとになって、あれは〈鞭《むち》〉だったと分かるが、そのときは何か怖い物としか思わなかった。

ドアの隙間から、メイドたちが覗いていたのをなんとなく覚えている。

「傷を付けるなよ。高く売れなくなる」

伯母に注意はするが打つのを止《と》めない伯父は、吐き捨てるように言う。

「口答えは許さんよ。私たちはお前の親も同然なのだから。お前をどういうふうに扱っても許される。それは私たちの権利なのだ」

父親の肖像画も消え、両親の部屋はそれぞれ伯父夫婦が占領した。

抱きしめる者は誰もいない。親の気配も消えてゆく。孤独感が一番大きくてつらかった。

寒い部屋で凍えていた冬。暖炉はあっても薪《まき》がない。窓の外が雪で真っ白になるのを見ながら、夏の方がましだと考えていた。

字を読めて書くこともできたというのに、書類の中身を理解できなかった。

無知だったのだ。

国王陛下に訴え出ればどうにかなったかもしれないが、伝手《つて》もなく、外へ出ることも考えつかない。貴族家の子女は外に出ないと母親に教えられていたので、外へ出て助けを求めることなど頭に浮かびもしなかった。

何も知らなかったし、知らないということさえ分かっていなかった。

痩せて小さな娘はやがて十六歳になり、降って沸いたようなカリィ公爵家からの縁談で、生まれ育った男爵家の屋敷から着の身着のまま嫁に出される。

そのころには、自分の身に起きたことを薄らとでも分かりつつあったシャルロットは、三十二歳年上の公爵に嫁ぐという内容でも、二つ返事で了解した。

この縁談の裏で莫大なお金が動いていたことも感付いていたが、外に出られるならそれでよかった。

カリィ公爵家の王都屋敷で待っていたのがリチャードだ。

「よく来たね」

伯父よりもかなり威厳がありそうな背の高い男性は、シャルロットを包むようにして抱きしめてくれた。けれど何の感慨も生まれない。伯父も最初はそうした。

「屋敷の中を案内しよう。あぁ、その前に、何か食べるかね」

いつもお腹が空いていたので、コクリと頷く。

案内された食事の間で出された料理には、すごく驚いた。温かい。そして美味《おい》しい。一皿に盛られた量が多い。皿数が驚くほど出てきた。デザートを見たのは何年振りだろう。

テーブルマナーなど忘れてしまったかと思ったが、母親の躾《しつ》けは身体が覚えていた。温かな焼き立てパンを食べたとき、不覚にも涙が零《こぼ》れた。

「美味しいかな？」

「はい」

返事をして初めて、まともに挨拶をしていなかったのを思い出す。

「あの、初めまして。シャルロット・シーモアです。よろしくお願いします」

両手でパンを持った状態で挨拶をした。座ったままでわずかに頭を下げただけだから、ずいぶん不恰好《ぶかっこう》だったに違いない。

リチャードは目を細めて笑うだけだった。

満腹になったところで屋敷の案内をしてもらう。当主自ら先導して説明するのは変なことだと、そのときには分からない。目の前に広がる屋敷の広さに唖然《あぜん》とするばかりだ。

図書室に入ったときの驚きといったら。シャルロットは、ぽかんと口を開け、ぐるぐると身体まで動かして全体を眺めた。

「好きな本を、好きなときに読むといい。文字の読み書きはできるかね？」

「はい。できます」

近くにあった一冊を手に取って開くと、難しい単語で埋められている。

「できますが、意味が……」

リチャードはシャルロットが持っていた本を上から眺めて言う。

「その本を理解するには、大学にでも行かないと無理だろうな。おまえが読めるものを私が物色しよう」

「大学……。聞いたことがあります。女性の寄宿学校とは違う学《まな》び舎《や》だと。内容は高度で、専門的で、希望すれば一般の知識も豊富に得られるのでしょう？」

「そうだよ。けれど、女性に門戸は開かれていない。私は残念なことだと思うが、大学都市で暮らしながら通うには、若い女性には難しいからね。後々の生活にも差し障る」

「……そうですか」

最後は大きな部屋へ連れられてゆき、そこが彼女の私室だと説明されてさらに驚く。衣装室があり、湯殿があり、すべて彼女のために使用されると聞いて、もう声も出なくなった。

そうやって公爵家での生活が始まった。

数日後、リチャードの個人的な応接室で対面に座る。ドレス捌《さば》きが上手《うま》くできない。座り方も下手だと分かるが、どうしようもない。

彼は言った。

「おまえを妻にするにあたって、男爵家に莫大な金を払った。知っているかい？」

やはりそうかと思ったので、こくんと頷く。

「金で買った花嫁にしてしまったな。何か望みはあるかね。できる限り叶《かな》えたい」

この際だからとシャルロットは以前図書室で思ったことを伝える。

「大学へ、行ってみたいです」

リチャードの黒に近い藍色の瞳が丸く開かれる。

「なぜだね」

「無知でいることが怖いからです」

何も分からずにサインをした。その結果、生まれ育った屋敷は、伯父夫婦によって思い出と呼べるものはすべて捨てられ、ただの箱になった。自分も虐げられていたと思う。

生まれたときからの暖かで楽しい記憶は、最後は寒くてひもじい思いにとって代わった。

それら一切が、無知であることによって始まっている。字が読めても、書類の中身が分からなかったのだ。

この屋敷へ来てから図書室に籠って、あれこれと本を開いた。理解できない内容ばかりだったのに愕然《がくぜん》とした。

大学についての資料もあったから見ていたら、どうしても行ってみたくなった。

無謀なことを主張しているのは分かるので、そこで口を噤《つぐ》む。一言《いちげん》の下に断わられても仕方がないだろう。怒られるかもしれない。

それでも言葉にできたのは、彼女を包み込むようなリチャードの視線が、数日過ぎても、少しも変わらなかったからだ。

「おまえのために何人か教師を選んで付けるつもりだ。公爵夫人としての嗜《たしな》みを覚える必要があるからね。知識はそれで補充される。それではだめなのかい？」

「大学で教授という人の講義を受けてみたいのです。なぜ女性は屋敷の奥で良き妻になることだけを目指さなくてはならないのでしょうか。昔は女主人として、夫が戦いに出ている間、城を切り盛りしていたと本に書いてありました。今はそうではなくなったと。なぜでしょう。わたしはこの国の仕組みや他の国のことを知りたい。たくさんのことを、知りたいのです」

うーむと唸《うな》ったリチャードは、ゆっくりと破顔した。

「おまえには、他では見ない才能を感じるな。いいだろう。行ってくるといい。大学には化学や歴史を専門とする教授もおいでだ。できる限りの知識を得てきなさい」

「いいのですか⁉」

願ってはみたものの、叶えられるとは思っていなかった。目を丸くして、驚いた顔をしていたと思う。声も上ずった。リチャードはますます笑みを深くする。

「おまえの年齢では、まずはパブリックスクールだろうが、全寮制だから無理だな。学業を目的に行くなら大学しかない。大学都市はすごいぞ。貴族の子弟はメイドや従僕と共に暮らさないと生活できないから下宿が許されている。そういった者たちのために、レストランもあれば酒場もあり、お針子もいるし床屋もある。人が集まって都市になっている」

「……学生のために人も物も集まるということですね。そうやって、大学が都市を造って大学都市になるのですか」

「そうだ。察しがいいな。教授連中の家もあって、そこが下宿先になる場合もある。ただし、女子は大学に入れないから、少し細工をしないとな……。私が懇意にしているブラウン教授に連絡を取らないといけない。ベルン大学の学長に話を通して、理事会も押さえるか」

頭の中でどんどん計画を組み立ててゆくリチャードを、シャルロットは尊敬のまなざしで見つめる。リチャードは最後に付け加えた。

「ただ長期間は難しい。細工がばれたら問題が出てブラウン教授にも迷惑がかかる。それに、私の個人的事情で、半年ほどで戻ってほしいのだ」

シャルロットは小首を傾《かし》げた。

「個人的事情?」

「私は心臓に疾患がある。この先はあまり長く生きられないだろう。だからだよ」

心臓疾患についての知識も持っていなかった。それに、逢ったばかりのリチャードの事情は、シャルロットにそれほど大きな意味をもたらさなかったのだ。このときは。

一つだけ聞きたいことがあったので、それを口に載せる。

「わたしと結婚するのはなぜですか?」

「これはまた、直球の質問だな。おまえはもう少し人との距離感や会話を学ぶ必要もありそうだ。大学で暮らすのは悪くないかもしれんなぁ……。……そうだな、結婚する相手におまえを選んだ理由か。それはいつか話そう」

王弟リチャードの権力と手腕は見事なものだった。

屋敷で三か月掛けた一般教養の詰め込み作業のあと、シャルロットは大学都市ベルンへ行き、ベルン大学に編入した。

シャルル・シーモアという少年の姿で。


（わたしと結婚した理由をいつか話してくださるはずだったんだけどな……）

リチャードの優しさに包まれている間に、その質問はすっかり頭から滑り落ちていた。激変した生活に慣れるのに、とにかく一心不乱に勉強しなければならなかったせいもある。いつか――が来る前に、リチャードは遠いところへ行ってしまった。

聞けなかったことは多い。

ぼんやりと過去を振り返っていたシャルロットは、軽いノック音を耳に入れて我に返る。慌てて横手にある両扉に向かって誰何《すいか》をした。

「誰です？」

「奥様。執事でございます」

「開けてもいいわ」

扉が開かれて、そこに立っていた執事がくきりと腰を折る。

「フランシス殿下がいらっしゃるとのことです。先触れが参りました。いつものように特室へご案内しますか?」

扉へ向かって歩き始めたシャルロットは、少し考えてから答える。

「今日は難しいお話があると先にいただいた手紙に書いてありました。わたしの居間へご案内してください。わたしはそちらでお待ちしています」

「はい」

女主人の個人的なサロンでもある居間は、私室の繋がりになる一室だ。大きな屋敷は部屋の数にも余裕があり、彼女だけが使用する部屋も多肢に渡って多い。

廊下を歩く。窓もあって外の様子が見えていた。朝は蒼天《そうてん》だったのに、午後になってずいぶん天気が悪くなっているようだ。雲が厚い。

——難しいお話って、何かしら。

フランシスなら、この屋敷にいつ訪れても構わない。先触れがあれば、都合が悪いときにはそう返せばいいだけのことで、シャルロットも理由なく断ることなどない。

それなのに、わざわざ直筆で書かれた手紙が先に来ていた。

——三か月ほど間が空いたからかしら。思い当たる節は何もないわね……。そうだわ。ちょうどいいから、リチャード様が仰っていたことをお話しておこうかな。リチャード様はフランシス様の先行きのことをずいぶん心配しておられたものね。

居間のソファに座って彼を待つと、半時もしない内にフランシスは到着した。執事が居間まで案内してくる。

「いらっしゃいませ。フランシス様」

黒いレースで飾られたドレスの裳裾《もすそ》を摘まんで、貴婦人の礼をする。フランシスは優雅な動きで彼女の右手を持ち上げ、甲にそっと口づけた。そして顔を上げて至近距離からシャルロットを見つめてくる。

どきりとした。青緑の瞳を擁する眼がいつになく鋭く切れ上がっているように見える。そこから寄越《よこ》される視線が熱い――なんて、気のせい、よね？

近すぎるのが気になったので、すっと一歩引いて離れる。すると、フランシスは口端を微妙に上げた。

空気が蜜のようにとろりと溶けたように感じられ、シャルロットは狼狽《うろた》えた。これは前と同じだ。困ったことに、どきどきと鼓動が踊るのも同じになる。

たった三か月開いているだけなのに、ずいぶん長く逢っていない気がした。

この三か月は、フランシスにとって厳しい日々だったようだ。侍女やメイドたちの横繋がりは、情報を走らせるのに稀《まれ》に見る優秀なネットワークになっている。兄君であるサミエル王子との確執が激化したという噂《うわさ》は、シャルロットのところまで届いていた。

「こちらへどうぞ」

広い部屋には大きな暖炉もあるが、火を入れるにはまだ早い。

その前方に対になった三人用ソファが、ローテーブルを挟んで対面に置いてある。その一方へ案内した。

向き合って座り、何気ない話題を口にしている間にお茶の用意がなされる。

「叔母上。込み入った話をしたいので、しばらく人払いをしていただけませんか？」

ずいぶん大ごとだと驚きながらも、お茶を運んできたメイドに、《近くには誰も寄せないよう人払いをしておくこと》を執事に伝えてほしいと言いつける。《扉を開いて呼ぶまで誰も来ないように》と重ねた。

正面へ向き直っても、フランシスは話を始めない。言い難《にく》いことなのだろうか。

それならこちらから尋ねてみようとシャルロットは口を開く。

「フランシス様。お話というのは、どういったことでしょうか」

「つまり、なんというか。叔父上が亡くなられてまだ半年ですから、叔母上のお心もまだまだ癒《いや》されていないと思います。そういうときにこのような話は不謹慎かもしれません。ですが、私も周囲の状況から一人ではどうにも寂しいというか、つらいときもあるというか……。支える人が傍についていていてほしいと思うのです」

あ、と思った。これはもしかしたらリチャードが心配していた懸案ではないだろうか。

思い込みで走る悪い癖が自分にあると知っていても、反射的に動いてしまうのを止めるのは難しい。シャルロットは、そのとき思ったままを言ってしまう。

「それは、ご結婚相手が見つかったということですか？　お好きな方ができたと、そういうことでしょうか」

喜ぶべき話だ。リチャードという後ろ盾を失くしたフランシスには、力のある家の令嬢を妻にする必要がある。

王太子はフランシスと決まっているのに、最大の後ろ盾であった公爵がいなくなった途端、王宮ではそれをひっくり返そうという動きが大きくなったらしい。それだけ、三番目の王子だった彼の基盤は薄い。

結婚をすることによって新たな後ろ盾を得るのは、具体的な力関係でフランシスを助けるに違いない。だからこれは喜ぶべき話だ。

つきんと痛んだのは胸の痛みだろうか。なぜ――。

こちらを見てきたフランシスは、緊張した表情をしている。真正面からじっと彼女を見つめてくる視線が強い。

シャルロットは、圧力を増した空気に押されるようにして背を引きながら、少し早い口調で続けた。

「リチャード様もその件についてはずいぶん心配しておられました。お好きな方ができたのなら、よかったです。ご結婚されるのですよね。どちらの姫君か、お聞きしてもよろしいでしょうか？」

ひどく焦ったようになっていて、とにかく何か話さないといけないという気持ちが、彼女を追い立てる。何をこれほど慌てているのだろう。自分の身近にいたはずのフランシスが遠ざかるような気がするからだろうか。

——そんな、わがままなこと。

いかにも自分勝手に思える。シャルロットは、慌てた口調で言い切った。

「誰もが憧れる王太子殿下がとうとうご結婚なさるのですね。おめでとうございます」

祝辞にはまだ早いと気が付いたのは、言ってしまってからだ。フランシスの顔がみるみる強《こわ》張《ば》ってゆく。

「叔父上が、心配されていた？　私の結婚のことを。叔母上も？　ご心配でしたか？」

「はい。後ろ盾を得るには、結婚はいい手段だというのにその予兆もないと、リチャード様はずいぶん気に掛けておいでででした。もちろん、わたしも」

「——そうですか」

抑えた声の調子がひどく冷淡だった。

（いけない、何を言っているのかしら、わたし。まだ何も聞いていないのに。先走るのはだめだって、いつも自分に言い聞かせているのに）

唇をきゅっと引き結んで顔の向きを少し変える。視線の先にはベランダへ出られる床からの窓があり、ガラスに水滴が付いているのが見えた。

──雨が……。

耳を澄ませば雨音も聞こえるというのに、今の今までフランシスの声しか耳に入っていなかった。シャルロットは、自分がどうしてこれほど慌てたのか、心の内で首を傾げる。

フランシスのきつい視線を受けた肌がちりちりと焼けるように感じる。反して、空気は凍るように冷たく重く、彼が怒っていると察するには十分だ。

自分が悪いと考えたシャルロットは、フランシスに向き直り軽く頭を下げる。

「申し訳ありません。先走ってしまいました。お話を聞くのでしたね」

「……速攻で自分を振り返り、直ちに謝罪を口にできる叔母上は、王宮の社交界では珍しいタイプですよ。あなたの指し手に似ていますね」

シャルロットは強張ってしまった肩からゆっくり力を抜いた。ゆるりと微笑んだフランシスは怒りのオーラを収めたようだ。

その怒りがどういう方向から来ていたか、勝手に話を進めたことによるものだと思っていたシャルロットは、状況を誤認していた。彼女が結婚を勧めてきたという一事にフランシスが怒りを覚えていたとは、思ってもみなかったのだ。

フランシスは話し始める。

「結婚などは考えていません。好きな人はいます。忘れられない人が」

シャルロットは目を見開いて、真剣そのものといった彼の玲瓏《れいろう》な面を眺める。

好きな人という一言が頭の中をぐるぐると回って、なぜか問い質《ただ》したい気持ちになった。無意識に口を開けたり閉めたりしながら考える。

——フランシス様の好きな人……。結婚は考えない。でも好きな人。……結婚できない相手ということかしら。

彼はシャルロットをじっと見ながら続けてゆく。

「大学都市にいたころ、シャルル・シーモアという少年に出逢いました」

ぎょっとしてフランシスを凝視したシャルロットは、慌てて目を伏せる。鼓動が速まって、逃げてしまいたくなった。

これは、その少年が彼女であると気が付いたということだろうか。

——でも〈少年〉と言われているから違うかも。早計はだめよ。まずは聞かなくては。同じ過ちを犯してはだめ。

言い聞かせが功を奏したのか、シャルロットは脳裏を激しく回しつつも黙って聞いている。

「細くて小さくて、そして一生懸命でした。一途に学び、一途に討論をしたのです。彼はたくさんの問いを抱えていて、私は同じ大学に属する学徒として、または先輩として、それに答えるのが楽しかった」

「……お友達、だったのですね」

「そういう面もありましたね。……雪の中で、寒そうにしているのに、走って転んで。だから雪を払って、彼が着ているコートのフードを被《かぶ》せたのです。寒さからなのか、羞恥ゆえなのか、頬が真っ赤になりました。可愛かった」

覚えている。周囲が暗くなってくる雪の中で、フードを被せてもらったことがあった。赤くなった頬は羞恥からだ。優しさが嬉《うれ》しいのに、なぜかとても恥ずかしかった。

優雅な動きでカップを手に持ったフランシスは、夢でも見ているかのように付け加えた。

「あの赤い頬に触れたくて、たまりませんでした」

彼を見つめるシャルロットは、答えのようなものに不意に辿《たど》りつく。

「フランシス様。お好きな方というのは、その少年なのですか？　少年が……？　ぶしつけで申し訳ありませんが、殿下は、あの、女性よりも男性を好まれるという、そういう、あの、性的指向の方でしたの？」

〈性的指向〉などという単語を出すべきではなかった。その少年が好きだったのかと、それだけでよかったのに。聞き方がまずかったと分かっても後の祭りだ。

驚愕《きょうがく》の表情で、フランシスは持っていたカップをことんっと床に落とした。床は毛足の長い絨毯《じゅうたん》があるから割れはしなかったが、お茶が零れて染みを広げてゆく。

フランシスにしては珍しい所作だ。それだけ驚愕したのだろう。

そういう一切が、奇妙なほどはっきりシャルロットの視界に入ってくる。フランシスは大いに慌てて口を開いた。

「な、何をバカな……っ」

そこで彼はふっと黙る。重量感のある沈黙が部屋を席巻《せっけん》した。

シャルロットは自分で口にしたことに意識を持っていかれていたので、フランシスが妖しい笑みを唇に浮かばせたのもぼんやり見ていただけだ。怖いような笑みだったのに。

いきなり到達した彼女の考えは、フランシスにあっさり肯定される。

「そう、そうなのですよ。個人的な好みですね」

「でもっ、王太子殿下が、そんな。後継ぎが必要とされるのですから、女性も相手になさいませんと。もしも、男性のみだと外に漏れたら、廃嫡の危険が出てしまいます」

声が震えてしまう。

国王にとって重要事の一つは、後継ぎをもうけることだ。

後継ぎを得られないとなれば、次期国王からは外される。放蕩《ほうとう》が過ぎるサミエルより、もっと不適格だという烙印《らくいん》が押されかねない。

「そうです。だから結婚もできない。私の立場では、許されない相手です」

重々しく告げられると、嘘《うそ》ではないと深く受け止めるしかなくなった。

――結婚できない相手。許されない相手。それは、その通りでしょうけど……っ。

大学都市にいた〈シャルル〉は、この場にいるシャルロットだ。

伯父夫妻に虐《しいた》げられたせいもあって、小柄で細かった彼女は、髪を切って男の服を着れば女性には見えなかった。自分でもそう思ったし、お世話になったブラウン教授にも言われた。

けれど、どこからか女性の香りが漏れていたのかもしれない。フランシスは敏《さと》いから本当のことを感じ取りながら見た目にごまかされて少年だと思った――としたなら。

――迷ってしまわれた？　そんな、わたしのせいだわ。わたしが元凶。どうしよう。打ち明ける？　どうやって信じて貰《もら》えればいいの？　身長は多少とはいえ高くなっているわ。まだ細いけれど、食生活が劇的に変わってずいぶん体が丸く、柔らかくなってしまっているのに。

今さら男装をしても、あのころの〈シャルル〉にはならない。ばかげたことだと笑われて終わりだろう。

――フランシス様もブラウン教授に師事されていたわ。教授に説明してもらうというのはどうかしら。

〈シャルル〉は架空の存在だったと打ち明けて、フランシスが理解したとする。どう思うだろうか。もしかしたら、人間不信に陥ってしまうかもしれない。

――万が一にも、相手はわたしでもいいとなったら……。……いいと……？　え？　そうじゃないでしょ。少し優しくされたからって勘違いをしてはダメ。第一、叔母と甥《おい》では結婚は無理なのよ。夫が亡くなっていても誰も許さない。まさに許されない相手なのよ、わたしは。

喉の奥がぐっと痞《つか》えたようになった。

――馬鹿ね。何を考えているの。フランシス様と結ばれるなんて。もっと真剣に考えないと。自分の望みだけで大学へ潜《もぐ》り込んで、何も言わずに消えて、フランシス様を迷わせたのはわたしなんだもの。この事態の責任をとらないと。

ぐるぐる考えていると、彼がため息交じりに言う。

「サミエルの放蕩を笑えないな。こんな私では、国王に相応しくない」

「いいえっ。フランシス様こそ、この国の王に相応しい方です」

大学時代の彼は、明るく未来を語り、弱い者を助ける強者だった。反論する者とは話し合い、卑怯者《ひきょうもの》や下劣な者とは戦い、仲間と共に大学へ続く大通りを闊歩《かっぽ》していた。長兄の病死で呼び戻されていなくても、多分、何らかの形で国政に参画していた。

今の彼は前と違い、王太子として敵を作らないよう心掛け、そつのない態度と言動をする。枠があるような歯がゆい動きもするし、どこか妖しい雰囲気まで醸し出す怖い感触のある人になっている。

しかし、かつてのあの姿が本当の彼だと思う。未来を見据えておおらかに笑うあの姿はきっと今も根っこにあるとシャルロットは信じている。

国王に相応しいフランシス。そんな彼に〈少年が好き〉という錯覚を起こさせた罪は重い。

シャルロットは、考え事に没頭すると周りが見えなくなる。それは今も発揮されていた。

ローテーブルを凝視していたシャルロットの肩にそっと手が置かれる。三人掛けソファに座る彼女の横に、フランシスが移動していた。

「え?」

フランシスの両手は、シャルロットの両肩を掴んでいる。その手に力が籠《こ》められると、上半身を微妙に捩《ねじ》られて彼女はフランシスへと向いた。

「フランシス様？」

この段階になっても、シャルロットは自分の置かれた状況を理解できないでいた。

フランシスの口元に、彼女が怖いと感じる妖しげな微笑がすうっと現れる。

「国王にはなりますよ。サミエルに渡しては、国が亡《ほろ》びかねない。父上の判断は間違っていないのです。ですが、そのためには、この性的指向は修正しなくてはなりませんね。後継ぎが必要ですから。叔母上、手伝っていただけませんか？」

「手伝う……。わたしができることなら、なんでもします」

「何でも？　では、なんでもしていただきましょう」

——え？

ソファの座面に押し倒されてようやく、危険な状態に陥っているのを理解する。

「待って、フランシス様っ、待ってくださいっ」

「なんでもするのでしょう？　あなたはあの少年に面影が似ている。女性の躰《からだ》をしっかり味わわせてください。思い切り、たっぷりと」

あからさまな要求に頬が上気する。

思考は千々に乱れた。腕に力が入らない。その隙を縫って、フランシスの薄い唇が彼女の喉元に吸い付いた。眩《まばゆ》いような金糸が、シャルロットの顎から頬をさらさらと滑る。

「待って、待って、フランシス様っ」

狭いソファの上で足は座面から床へ降りているのに、上体だけが不自然に倒されている。押し上げようにも、小柄な彼女からすればフランシスは一回り以上大きい。無理だ。

「声を上げて誰かを呼ばれてもいいのですよ、叔母上。いや……、シャルロット」

耳元で息を吹きかけられながら名前を呼ばれた。びくりと戦《おのの》いて動きが止まる。フランシスは喉の奥で意地悪げに笑った。

呼べるわけがない。こんなところを見られては醜聞は免れ得ない。それどころか、襲われて助けを求めたなどと、フランシスに不名誉な罪状までついてしまいそうだ。

フランシスは王太子の身分を剥奪《はくだつ》されて廃嫡になってしまう。

そんなことになっては、あまりにもリチャードに申し訳がない。あれほど、フランシスの将来を気に掛けておられたのに——と、思わず呼んでしまった。

「リチャード様……っ」

首筋から頬へ唇を移動させていたフランシスが顔を浮かせる。シャルロットが見たのは、ぞっとするような冷徹な笑みだ。

「叔父上は、若いころは随分もてたそうですよ。浮名も多かったとか。それでも長い間妻を娶《めと》られなかったのに、あなたを手に入れた。選《よ》りにもよって、あなたを……っ！　叔父上のテクニックは素晴らしかったのではありませんか？　──経験値が違うからな」

言われたことをすぐには理解できずに、呆《ほう》けて見上げていた。フランシスは苛立たしげに口の中で小さく舌打ちをする。

こういう彼も見たことがないから、驚きの方が先に来る。

無理矢理《むりやり》誰かを従わせることなどない、ましてや虐《しいた》げることなどあり得ないと、フランシスに対する信頼は心に刻まれていた。滅多《めった》なことで覆せないほどに。

シャルロットの唇に彼のそれが触れる。一度びくんっと跳ねた躰が硬直すれば、フランシスはやすやすと彼女の口内を蹂躙《じゅうりん》した。

「う……っ、ん……っ」

シャルロットの頭の下には、布張りソファの弾力性のある肘掛けがあるので痛くない。

両手を躰の前で一掴みにされ、もう一方の彼の手が、座面から下へ降りている彼女の脚の一方を持ち上げた。

黒いドレスのスカート部分はたっぷりの布があっても大層やわらかだったので、足が上がれば腹の方へ滑って重なり合う。座面から床へ下りていた足は、一方だけを上げられたために、開いた。

足の間に彼の身体がある。スカートの布地もある。上に載っているフランシスの肉体で動きが取れない。

「うぅ……っ」

唇を貪られる。足を動かした彼の手が、シャルロットの顎を掴《つか》んで頤《おとがい》を強く押すと、ふわりと口が開く。そこに舌が入ってくる。

「う……ぐ……っ……」

「どうした？　キスくらいどれほどでもしてきたんだろう？　鼻で息をするなんて初歩の初歩、とうに叔父上に教えられているだろうに。シャルロット、もっと舌を絡めて……」

少し浮かせた唇が、嘲りの声音で囁く。フランシスの言葉とは思えない。

まさかこんなことがあるはずがないと否定しながら、心が追い詰められていってしまう。バタバタと暴れても抵抗の内に入らないほど微力だ。

口内で蠢《うごめ》くフランシスの舌が生き物のようだった。歯列の裏や口蓋を舐《な》められる。頭の中が次第にぼんやりしてきた。空気が足りないからだろうか。

——鼻から、息。鼻から……。

何とかできるようになると、今度は舌を絡めるのを彼の舌技で強制される。難しい。

だめだという意思表示を載せて頭を激しく振ると唇が離れた。彼の手も外れる。

「やめてください、フランシス様っ。あなたのような方が、こんなことをしてはいけない」

誰か来るかもしれないから大きな声は出せない。呻《うめ》くような拒否になる。手を振りまわして暴れ、足もばたつかせる。けれどフランシスは彼女を逃さなかった。

ドレスの脱がせ方など、どうして知っているのだろう。躰の横にある鍵ホックを一つずつ外され、リボンを解《ほど》かれてずるりと肩から布が下がる。すると、コルセットと薄絹だけの胸が顕《あら》わになった。

腕はドレスによって拘束されているようなものだ。下肢の方は、なんとスカートの中にフランシスの腕が入ってくる。

「フランシス様っ！」

抑えていたのについ大きな声が出た。目尻に溜《た》まった滴が頭を振るのに合わせて飛び散る。

嫌だ、こんなのは嫌だと首を振る。

フランシスは手早く動きながら、彼女の顔を覗《のぞ》き込《こ》んで唸る。

「叔父上をそれほど愛されているのか！　三十二歳年上でも！　金で買われても！」

「愛し……ええ、だって、家族なのだもの！　たった一人の——」

涙声で言い募れば、フランシスはますます激昂《げっこう》した。乱暴な手つきで着ているものが剥《は》ぎ取《と》られてゆく。

このごろの流行でペティコートもバッスルもなくなっていたスカートの内側は、下スカートだけだ。

靴下もあるが腿《もも》のところで止めてあるだけで、下着としてはドロワーズ一枚しかない。

肩を抜かれたドレスが引き破られながら剥ぎ取られる。大量の布地は下から抜かれて躰から離れていった。結い上げていた髪が乱れる。

女の力はこれほど柔弱なのかと驚いてしまう。あるいは男の力の強さを身に染みて思う。

薄絹ごと胸の膨らみに吸い付かれた。コルセットは胸を押し上げる形だったので、乳首を隠していたのは半分透き通った薄絹だけだったのだ。

「はっ、あぁっ、だ、だめぇっ」

ちゅぶちゅぶと吸われ、布の上からでも乳首を舌で転がされると、足の指まで痺《しび》れる。

快感とはこれほどのものなのか。狭いソファの上で押さえつけられているのに、思わず胸の上にあるフランシスの頭を抱え込んでしまった。

「敏感だな……、これも、叔父上の——。くそぅっ」

——悔しそう……。なぜ。

リチャードに対する男としての感覚だろうか。

シャルロットからすれば、フランシスがリチャードと同じ年齢になるのはずっと先で、同じように、またはもっと魅力的になるかもしれないのにと思う。

「ん、ん、んっ、……あぁっ。そこは、や、やめ……っ」

コルセットは外されて、腕を通した薄絹だけがまとわりついている。胸の周りは彼の唾液で濡《ぬ》れていた。

乳首を愛撫《あいぶ》する舌の感触に耐えている間に、フランシスの手がドロワーズのウエストの紐《ひも》を解いてしまう。ずるずると下げられると、下肢が晒された。

足の一方は狭い座面から下へ落ちている。もう一方の足のひざ裏に彼の手が入って、足首を背凭《せもた》れに掛けられてしまうと、脚はかなり開いた。

間にいるのはフランシスだ。裳裾が腹の方へたくし上げられていたので、下腹部は見えている。茂みも、緩く上がった恥骨のところも、フランシスの視界の中に入ってしまった。昼間だから、まだ明るいというのに。

「いやっ、いやっ、見ないで、フランシスさまぁ……っ」

見るどころか、彼は掌《てのひら》で恥丘を撫《な》でてから、指で弄《いじ》ってくる。

「んっ、あ……はっ、あぁ……っ」

突然、コンコンと扉が叩かれる。ぎくりとして躰が強張った。

「奥様。何かありましたか？　お呼びになりましたでしょうか」

執事だ。

見上げると、フランシスは口角を上げている。

こんな状態で人が来たというのに、なぜ笑っていられるのだろう。投げやりな笑いなど、フランシスにもっとも似合わないと思うのに。なぜ彼は、すべてを投げ出してしまいたいという顔をしているのか。

「二人で、堕《お》ちてしまうのも、いいな……。王宮での王位継承争いも、いい加減厭《あ》きてきたところだ。もう、いいか……」

——だめ！　そんなの……っ。

シャルロットはぐっと奥歯を噛みしめてから腹に力を入れて声を出した。

「人払いを頼みました。扉を開いて呼ぶまで、誰も、来ないようにと——っ。誰もっ」

言葉を向けたのは、扉の外にいる優秀な執事へだ。

「……はい。申し訳ありませんでした」

廊下にいる執事に謝りたい気持ちになる。きっと、様子がおかしいと察して、彼女のために来てくれただろうに無下に追い払ってしまった。

けれど、たとえどれほど信頼する執事でも、このようなところを見せるわけにはいかない。女性を襲っているところなど見られたら、フランシスの名誉は地に落ちてしまう。

扉の向こうは静かになった。シャルロットは唇をしっかりと閉じて声を出さないように自分を抑えながら目を閉じる。

「シャルロット……、シャル……。私を庇《かば》うんだな。それとも公爵家の名誉のためなのか？　シャル、答えてくれ」

詰まった声。いっそ苦しげだ。

何も言えない。声を出さないようにするので心の耐性が振り切られている。何かを言えば、それだけで泣き叫んでしまいそうだ。

「叔父上を、愛していた？」

掠《かす》れた声で聞かれる。頷《うなず》いた。先ほどの呟《つぶや》きと同じだ。

夫としてというより父親のような感覚で愛していた。家族だ。大切だった。亡くなって、ごそりと胸に穴が開いたように思えるほど、大切な人だった。

そして誰もいなくなった。寂しい。せめてフランシスには傍にいてほしいと思うのに。

フランシスの性的指向は、彼女に原因がある。償わなければいけない。それどころか、もういっそ縋《すが》り付《つ》いてしまいたい。

誰でもよかったのか、フランシスだからなのか、そのときのシャルロットには分からない。

「シャル……。フランと呼んでくれ。それくらいなら、いいだろう？」

「フラン……」

小さく呼べば、彼は動きを再開した。下腹に当てられていたフランシスの長い指が、淫靡《いんび》な肉割れを辿《たど》る。

「こんなに閉じているなんて。……変だな」

フランシスは呟きながらシャルロットに触れる。何が変なのか、彼女には不明だ。

胸を彷徨《さまよ》う唇は、薄絹の合わせから直接肌に触れて吸い上げていた。指は女陰の端にある陰核を捉えたようだ。敏感な場所が、くり……と擦られる。

「ひ……っく……ぅ、う……」

びくんっと背中が反《そ》った。躰中を席巻《せっけん》したのは快感だ。快感を自覚すると余計にフランシスの指を感じ取ってしまう。

「濡れてきた……」

どこが、どのように。分からない。けれど指の動きは滑りやすくなったようだ。

肉割れを開いて指がくっと中に入ったのを感じる。滑りがよくなった場所は、花芽もしっかり嬲《なぶ》られて、たまらない感じになってくる。

「あ、……アァ……い、たい……あぁ」

「痛い……？　なぜだ。これくらい、何度もされているだろうに、なぜだ」

「う、う……あぁ……っ」

淫靡なる芽を愛されただけで、あっけなく上り詰める。がくがくと震えながら無意識に反応する肉体と、膨らんで爆《は》ぜた驚くべき快感に、驚愕して目を見開きながら達した。

呆然《ぼうぜん》とする。頭の下にはソファの肘かけがあり、両手には力が入らない。一方は胸元で小さな拳を作り、もう一方の手は座面から落ちて床に指先が届いていた。早い息遣いを零す口は緩く開かれ、脱力感が激しい。

足は開いている。一方の足首は背凭れに掛けられ、一方は座面から床に落ちている。何という恥ずかしい姿だろう。けれど、知覚してもすぐにはつくろえないほど放心した。

驚いたような顔で上から見つめるフランシスは、くっと奥歯を噛み締めるようにしてから、陰唇を割って指を深く含ませた。

濡れているというそこは、狭くとも彼の指を呑《の》み込《こ》んでゆく。

はぁはぁと今にも止まってしまいそうな息遣いの中で、シャルロットは呻いた。

「いたい……あ、フラン……、痛いです……お願い、ひどくしないで……」

「……挿《い》れるよ、シャル」

何がどうなっているのか、思考は少しも回らない。声だけを耳が捉えている。

次に来たのは、信じられないような衝撃だ。痛みもあるが、圧迫感がすさまじかった。

「あぁ――……っ、あぁ、あ、……」

声を押さえるために両手で口元を押さえる。それでも零れていってしまう。

「狭い。……シャル、まさか……、まさか初めて、なのか？　叔父上の妻だったのに――」

挿入されたのは、フランシスの男根だろう。味わう余裕はなく、ひたすら耐える。切り裂かれる痛みに涙を迸《ほとばし》らせながら、口を両手で押さえ、背を反らして耐えた。

これくらいなら、耐えられる。生まれ育った屋敷での嗜虐《しぎゃく》とは違う。違うというのが分かる。

初めての経験で悲鳴を上げる彼女の躰をいたわりながら、フランシスは繋《つな》がってきた。伯父夫婦の、笑いながら痛みを与えてきたのとは大きく違う。

「フラン……っ」

相手がフランシスだとしっかり認識できている。そうでなければ、きっと半狂乱になってし

まった。

こんな状態で身を任せられるほど、フランシスを信じている。彼がシャルロットを裏切ったのではない。シャルロット自身が招いたことだ。大学へ行きたいと望んだ彼女自身が。

『己の選択だよ。結果は自分で受け取るしかない』

——その通りです。ブラウン教授……っ。

フランシスの手、指、唇、そして腰の動き。前だけを開けられたズボン布に擦られる彼女の尻肉の感触。すべてが恐怖であり、信じられないものだったが、それでもフランシスだから受け入れられる。

フランシスが指で陰核を弄りながら、抽送を始めると、躰が快感と圧迫感とで打ち震える。内臓が出てくるような恐ろしげな感触で引き裂かれそうだった。

「ひっく……ぅ、あ、あ、激しくしないでぇ……」

「シャル……っ、心は、叔父のものでも、躰は私が手に入れた……っ、もう離さないっ」

呻く声音にさえ嬲《なぶ》られているようだった。

うずうずと奥から何かが込み上がってくる。指で強く擦られる淫芽が齎《もたら》す快感が内部にまで派生してゆくようだ。何かがくる。それに食われてゆく。

「あぁああ、フラ、ン——……っ」

伸び上がって果てたのは、陰核への愛撫が直接の要因だ。けれど、躰が熱い。熱せられて炙《あぶ》られたこの異様な感触は内部からの〈なにか〉だった。

「シャル……。好きだ……」

肉体は蹂躙に耐えている最中でも、耳は声を拾う。閨《ねや》での男の言葉ほど信用ならないものはないと本に書いてあった。聞き間違えていたかもしれない。〈シャルル〉だったのかも。

内壁がフランシスの情液で叩かれる。絞るように蠢く蜜壺の襞《ひだ》は、シャルロットの意識からは外れてしまっていた。


シャルロットの胎内から萎えた雄を引き出したとき、己の精液とともに赤い血も溢れてきた。フランシスは顔に苦悶《くもん》を滲ませながらも、指でその血を掬い上げ、舌を出してチロリと舐める。そうしてうっそりと笑った。

思い余ったとはいえ無理矢理に近い形で手に入れた。こんな方法では慙愧《ざんき》の念に堪えない。しかし、後悔は微塵《みじん》も生まれなかった。むしろ、満足感が沸き上がってくるほどだ。

リチャードがどれほどシャルロットを愛していたか、どれほど大切にしていたのか、間近で見て知っていたが、手も出さずに包んでいただけだったとは。

シャルロットは性交に慣れていると予想していたが、大きく外れた。

――そういえば、叔父上には心臓疾患があったな……。

妻を抱くのが無理なほどだったのかと思いつくが、それだけではないと考え直す。

——口付けさえも深くはしていなかった。叔父上。それほど大切だったのですか。たどたどしい舌使いや、息の継ぎ方などで分かる。彼女は予備知識もなかった。リチャードにとってシャルロットは、まさに掌中の珠《たま》だ。そういう彼女を手に入れられた自分の幸運と、叔母と甥という関係のやるせなさがフランシスを苛《さいな》む。

——正式に結婚するなら、他国へ駆け落ちするくらいしか方法がない。けれど手に入れた状態で生涯を共にすることは可能だ。どれほどの誹《そし》りを受けようとも、国王になっても離さないと決めるだけでいい。

正妃を娶っても関係は続けられる。現に、父王はフランシスの母親である正妃と三人も子をなしながら、いまだに若いころの愛妾《あいしょう》を腕に抱いている。

父親への敬愛は愛妾がいてもなくならなかった。政略結婚を求められる中で、愛する人を離したくなければそういう形もある。

——シャルが、受け入れてくれるなら。

奇矯な誤解の一つや二つ、利用してみせよう。歪《いびつ》な関係になっても、手放したくない。

ソファに横たわるシャルロットを見つめる。身を離したときに、彼女の意識はまだあったと思うが、フランシスが足を閉じさせ脱がせたドレスを上から被《かぶ》せたあたりで眠り始めた。

身も心も疲弊したのだ。無理もない。

彼女の足の間の汚れは、脱がせたドロワーズで拭った。

フランシスは、シャルロットを黒いドレスごと包んで抱き上げる。相変わらず細くて軽い。

（……次の間がシャルの書斎で、その向こうが寝室のはず）

部屋は壁のドアで繋がっていて、廊下へ出なくても行き来できる。

フランシスは、幼いころからこの屋敷に出入りしていたのでよく知っているし、王宮と同じような造りなのも、図面を見たことがあるので分かっていた。

寝室へたどり着いて天蓋付きの大きなベッドに寝かせるときに、彼女は呻いて身を縮こませる。けれど目は開かない。

ベッド横に立って、長い睫《まつげ》が濃い影を落とすシャルロットの美しい容貌を眺めた。

顔色が悪い。窓の外は雨だ。夕方近くなっていて暗いから、余計に青白く見える。

「私は卑劣だな……」

リチャードはフランシスの結婚に関して助言もくれたし、考えてもくれていた。彼は自分が長く生きられないことを承知していたので、フランシスに、今のうちに先行きを盤石にするよう忠告も授けていた。

シャルロットがフランシスの結婚に関して口にしたのも、リチャードからそういうことを聞かされていたからだろう。

けれど、フランシスとしては、彼女からそれを聞くのは堪えがたいものがあった。

もともと頭の回転が速いシャルロットは、会話をしているうちにどんどん話を早める傾向にある。他の者なら思いつきもしないだろう〈性的指向〉という知識を持っていたがゆえに、シャルロットは誤解した。

『な、何をバカな……っ』

あのとき、彼は閃《ひらめ》いた。シャルロットを抱きしめてしまうには、これも悪い手ではないと。自分のせいだと責める彼女の考えが手に取るように分かった。フランシスは、それを知ったうえで追い込みを掛けたのだ。

『何でも？　では、なんでもしていただきましょう』

卑劣だった。しかし、同じ場面が巡ってくれば、やはり同じことをする。好機だと思った。今でもそう思っている。

腰を深く屈《かが》めて、寝かせている彼女の額にそっとキスを落とす。柔らかそうな頬を掌で包めば、涙のためか少しざらりとした。

――たくさん泣かせてしまった。

謝意はあれど、無防備に眠るシャルロットを見ていると欲求も膨らむ。

次はもっと喘《あえ》ぐところも見たい。快楽にむせび啼《な》くところも。手を出した以上、もはや離すことはできないと胸の内は叫んでいる。

――すっかり女の身体だったから、見抜けなかったんだ。

フランシスは、大学時代に出逢った〈シャルル〉が、本当は少年ではなく少女であると知っていた。

「男の服を着て、細くて小さかった。だからといって、気づかないわけがないだろう？」

眠っているシャルロットに語りかける。

「大学から消えたあと、たった一年半で、さなぎが蝶《ちょう》にでもなるように魅惑的で美しい女性の姿になっていれば、叔父の手管によるものだと思っても仕方がないじゃないか。清い仲だったとは、誰だって考えもしないだろう」

結われていたシャルロットの髪は、乱れて広がり、枕の上に散らばっている。その一房を手に取って、フランシスは口づける。

「叔父上。あなたは私に《シャルロットを頼む》と耳打ちされた。どういうお心積もりだったのか、いまさら聞くこともできない。でもあなたの頼みは引き受けますよ。こういう形になってしまいますが」

怒られるかもしれない。しかし、リチャードはもういないのだ。一人になってしまったシャルロットを、フランシスが守って何がいけない。

頬を撫で、キスを繰り返すうちに、たまらなくなって唇にも触れる。するとようやくシャルロットが目を開けてくる。長い睫がふるりとゆれて、猫の瞳のような金褐色が現れた。

「ん……。フランシス様？」

「身体は痛くないか？　大丈夫？」

「だいじょうぶ、で……す。……？　ここは、わたしのベッド？」

「断りもなく貴婦人の寝室に入ってしまった。叔母上の寝室ですよ。眠ってしまわれたから運びました。そろそろ夜中です」

驚いた顔をして周囲を見回したシャルロットに対して、フランシスは畳み掛けて捕えてしまうために意識して冷たい声を作る。

「叔母上が処女だったのは予想外のことでしたが……。王太子には、遠縁の未亡人が閨《ねや》ごとを教えるという慣習もあるのです。王宮を闊歩しているマルベリー・インスラット夫人もそうした存在から愛妾になった。叔母上がその役目を負ってくださるなら、私も大いに学びますから手ほどき願います。これからも叔母上のところに来てよろしいですか」

枕の上で首を横に振ったシャルロットは拒絶の言葉を吐く。

「だめです。経験など皆無ですし、男性に教えるようなものは何も持っていません」

「抱かせてもらえるだけでいい。そうすれば……そうすれば私も女性に対して目が開かれるだろう。あなたはあの少年に似ているから」

「似ている……。似ているのですね……。こうしていれば、王太子として妻を娶れると？」

「そうです」

深く迷いながらもシャルロットはこくんっと幼い仕草で頷いた。フランシスは体中から力が抜けるのを感じる。

「この屋敷の者たちには私から話します。口を噤《つぐ》むこと、便宜を図ることなどを指示しておきましょう」

はっとして彼を見上げたシャルロットの頬が染まり、息苦しそうに口を噤んだ。

行為の最中にやって来た執事を、彼女は室内に入らせなかった。あのとき、《助けて》と一言でも放たれていたら、そこで王太子としてのフランシスは終わりだった。

あそこが、関係を断つ、たった一つの曲がり角だったのだ。

シャルロットはフランシスを守ることを選んだ。だからこのままでいてもらおう。

フランシスが執事にこのことを話せば、他者の知れるところとなり、社交界によくある愛人関係になる。

否やは言わせないとフランシスは視線を強めた。シャルロットは頷く。

「……フランシス様のお役に立てるよう、精いっぱいお応えします」

蚊の鳴くような声とはまさにこれだ。フランシスは自分が蒼褪《あおざ》めるのを自覚した。

シャルロットの深い罪悪感を利用した。それは返す刀でフランシスを切り裂いたが、これで彼女を手に入れられると囁く悪魔のような声に、彼は逆らえなかった。

第二章　夜毎の戯れ

馬車から下りたシャルロットは、目の前の屋敷の窓からたくさん漏れてくる明かりに反して、周囲が思ったよりも暗いと感じた。空を振り仰ぐ。

太陽が西へ沈むのが早い秋の日は、夕方近くなれば暗くなって当然……ではなく、空一面が雨雲で覆われている。

王宮を出たときに雲がまばらだったのを思えば、天候はみるみる悪化したことになる。

（また雨になりそう……）

秋の長雨とはよく言ったもので、このところすぐに降ってくる。

幅も高さもある玄関の両扉がガチャリと音を立てて開いた。優秀な執事は、先触れによって用意を整え、馬車の音でタイミングを計ってシャルロットのために扉を開けてくれる。

「ただいま」

黒いドレスと、黒い小さな帽子、黒い手袋姿のシャルロットは、頬の両側にある髪の房を揺らしながら扉の横に立つ執事を見て言った。

彼女の帽子には、前側にチュールレースがあしらわれていて目元を隠している。

リチャードの逝去から半年以上が過ぎた。大抵はこれくらいの時期で黒いドレスは脱ぐらしいが、その気持ちにはまだなれない。

「おかえりなさいませ」

リチャードと同年代の執事は、高い背を屈めて腰を折る。

「王宮での昼食会はいかがでございましたか？」

「そうね。陛下に近い席をいただいていたのよ。リチャード様の思い出話をしました。陛下はリチャード様にお声が似ていらっしゃって、いつまでも聞いていたい気持ちになってしまったわ。兄君とはいえ、お顔やお姿はあまり似たところはないのに」

「それはよろしかったです」

背を起こした執事の表情に安堵《あんど》感が浮かんでいる。シャルロットはもっと安心してもらおうと優しく微笑《ほほえ》んだ。

王宮での昼食会は、招待者が国王である以上、絶対に欠席はできないし、失敗も許されない。まずは問題なく終了までいられれば上出来と言えるだろう。

リチャードの葬儀以来、シャルロットは社交界に時折顔を出している。

デビューをしていなくても、カリィ公爵未亡人……普段はカリィ夫人と呼ばれる……の肩書はかなりのもので、どの場に出ても敬意を払われる。カノーファ国王からは義理の妹でもあるわけで、顔を知られていなくてもそれなりに有名人の部類に入るようだ。

悪意のある噂《うわさ》を囁く者や必要以上に近寄ってこようとする者など、とにかく数が多いのが一番の悩みだ。手慣れていなくて、人をさばききれない。

それでもなんとかやり過ごせるのは、リチャードが一年半かけて公爵夫人としての教育をみっちり仕込んでくれたおかげであり、同席することの多いフランシスができる限り近くにいてくれるからだ。

貴族家から寄越《よこ》される夜会などの招待状は執事が厳選しているので、おかしなところへ顔を出してしまうこともない。

派手な催《もよお》しには不参加という返事ができる時期なのも助かっている。

たまに、誹謗《ひぼう》中傷や面と向かっての罵倒などに直面するが、シーモア男爵家での不遇を考えれば、まだまだ耐えられる範囲内だ。寒くもなければひもじくもない。

自分が話題の中心になりやすいのも理解できるようになった。

莫大《ばくだい》な遺産の相続、王太子フランシスとの関係——不思議なことに、フランシスとのことは、リチャードの葬儀のころは声高に話されるただの噂話《うわさばなし》だったのに、本当に関係ができてしまうと裏に籠《こも》った陰口に変わった。

フランシスが国王になるとき、相応の相手と結婚して正妃を迎え入れるから、それで用無しにすればいいと王宮社交界の面々は考えている。

シャルロットも同じことを思う。いずれは、フランシスの傍から離れなくてはならない。私室へ向かって歩きながら、後ろを付いて来る執事と話す。今後の予定を調整してシャルロットに告げるのも、執事の仕事の一つだ。

「フランシス殿下から使いがまいりまして、今宵《こよい》、お邪魔したいということです」

階段を上りながら途中で足を止めたシャルロットは、ゆっくり振り返って確認する。

「晩餐《ばんさん》からですね」

「はい」

執事は感情を欠片《かけら》も窺《うかが》わせない返事をする。見事なものだ。

シャルロットは私室の扉を開きながら言う。

「ではこのまま時間まで過ごします。晩餐の前に着替えますから、侍女を寄越して」

「分かりました」

再び深く腰を折った執事を廊下に残して扉を閉め、私室の一部である居間へ入った。

部屋の中へ視線を向けると、広い空間の真ん中あたりに向き合った二つのソファとローテーブルが目に入る。前とは違う新しいセットだ。

ソファは、雨の夜に起きたフランシスとの情事のあと、新たなものに替えられた。汚れていたかもしれないが、自分で確認したわけではない。フランシスに言われて執事が手配した。

あの雨の夜、シャルロットが疲れて眠っている間に、フランシスは屋敷の各仕事の責任者たちに事の次第を話したという。《今後も関係を続けるつもりだ》とも伝えたらしい。

あくまでも、社交界によくある秘密の情事ということだ。国王にも、インスラット夫人という愛妾がいる。

屋敷で働く者たちは、厳格なリチャードのめがねに適《かな》っただけあって、余分なことを口にする者はいない。

リチャードが亡くなって一年も経《た》たないのに、王太子殿下と関係を結んだシャルロットに対して、侮蔑の視線も批判の言葉も屋敷の中では向けられなかった。

代々この公爵家に仕えている上級使用人の執事やメイド頭は、協力さえしてくれる。

もしかしたらリチャードが彼らに何か言い置いていたのかもしれない。

シャルロットは、新しいソファに腰を掛けると雨が降りそうな雲の様子を窓の内側から眺めた。暗さも深まってきて、肌寒さを覚える。もうすぐ冬だ。

——リチャード様に逢いたい。逢って、今のわたしをどう思われるのか、聞きたい。

答えは得られず喪失感ばかりが大きくなる。孤独感もだ。

社交の場でフランシスの姿を見つけると安心できてしまうのも、屋敷への彼の訪れを待ってしまうのも、自分の弱さからだと思う。寂しいから、フランシスを待つ。

フランシス側にも、王太子として〈シャルルが好き〉というのを修正しなくてはならず、面影が似ているシャルロットに手助けを求めたという理由があった。

理由があるから、シャルロットが彼に対して本当はどう思っているのかを曖昧にしていても逢瀬は続いてゆく。

長く続けられる関係ではない。いずれ終わるのは分かっているから、今だけは許してほしい。

ぼんやりしていたのが、ノックの音で我に返る。

「奥様。お支度のお時間です」

侍女が呼びに来た。シャルロットは、夜のドレスも黒衣を纏《まと》うつもりでいる。


晩餐は楽しくすごせた。

フランシスは相変わらず端麗な顔で優しく笑い、機知に富んだ会話で彼女を楽しませてくれる。彼は主賓だから、そういう気遣いはシャルロットの方でしなければならないというのに、会話の機微を掴む手腕は、やはり敵《かな》わない。

しかも、フランシスはどう考えているのか、大学時代のことを面白おかしく話してくれるので、興味津々で聞き入ってしまう。

「ダラム教授という方がおられるのですが、化学を専門として実験が大好きな方なのです。化学がどういうものか、お分かりになりますか？　叔母上」

「そうですね……。薬品を使って実験をするという程度でしょうか」

化学の講義を受けることはなかった。

薬品は、結論を得るための重要な要素であり、探究するのは生物の謎とか病気の治し方とか、他の様々な目的のためだと思っても、それは言わないでおく。普通の貴族の奥方が知るようなことではないからだ。

大学内で、実験手順においてダラム教授はなかなかの有名人だった。フランシスがそれを説明する。

「かつては指の間に三本の試験管を挟んで実験を進めていたのが、今や指をすべて使って四本を同時に振るそうです。だから実験効率が上がったと学生たちに四本試験管持ちを推奨したそうですよ」

「まぁ……。〈試験管〉というのは、ガラスでできた透明の細長い管ですよね。それを四本一度に指で挟んで振るのですか」

「そうですよ。でも、解析自体はどうもね。上手《うま》くいっていないらしい」

「実験の技だけではだめなのですね」

ころころと笑ってしまった。知っていることをうっかり話したくなって困る。フランシスはあのころのように屈託なくおおらかには笑わないが、それでも明るい表情で語ってくれる。こういう彼はとても好感が持てた。

（これが本来の姿だと思うのだけど……）

恐らく、王宮での苦労が彼を妖しくて怖い人にしてしまっている。

（それはわたしの想像でしかないのだけど）

晩餐のあと、最初に居間へ入り、そこから寝室へ移動してゆく。彼との関係が屋敷内では公然の事実であっても、シャルロットが廊下から直接寝室へ入るのをいやがるためだ。

ここまで来て何を恥じらう必要があると自分でも思うが、こればかりは譲れない。

王太子然としたフランシスは、晩餐が終わってシャルロットの私室領域へ一緒にくるまでは公の態度を崩さない。居間でキスをしながら書斎を抜けて寝室まで歩き、ベッドを前にした段階で彼は豹変《ひょうへん》してゆく。

目元にきつさが漂い、妖しげな笑みが浮かぶ。彼女を貫くような鋭さで見つめ、熱を感じる視線で上から下まで眺める。

整った顔と迫力のある視線、そして漂う艶《なま》めかしさ。シャルロットはどうしていいか分からなくなるほど鼓動を高鳴らせてしまう。

寝室の明かりは小さい。窓の外はもう真っ暗だ。しかも雨が降り始めていたから、小さな明かり程度では、互いの顔が判別できる程度の薄暗さだった。

かといって、真っ暗ではないのだ。

最初の夜を思い出す。

（……あのときは、もっと明るかった）

時間的にもそうだった。あれから一か月以上になる。こうしてベッドの前へ二人してくるのも何度目になるだろう。

「シャル……ドレスを脱がせるよ」

人前や公式の場では〈叔母上〉と呼び、敬意を表して敬語を使うフランシスは、二人きりになると、〈シャル〉と甘い呼びかけをしてくる。けれど、視線は強い。怖いほどに。

「シャルは、いつまで黒いドレスを着ているつもりなんだ？」

「……寂しくなくなるまで」

寂しくなくなったら――フランシスには別れを言おうと考えている。

フランシスはきつい音韻を含ませて言う。

「私が黒衣を見てどう思うか、分かる？」

「分かりません」

これは本音だ。本当に分からないからそう答えたというのに、フランシスの機嫌はかなり下降した。

ベッドの横で、立ったまま少し乱暴な所作でドレスを脱がされる。薄絹だけになった胸を思わず両手で隠した。

その間に、下スカートやコルセットを脱がされて、バサリバサリと床のドレスの上にその他の衣類が落とされてゆく。

そしてドロワーズだ。

真っ赤になった頬を晒して俯《うつむ》いていたシャルロットは小さく首を横に振る。

「明かりを完全に消してください。ベッドの上へ……」

「だめだよ。今夜は、いつものような手加減は無理だな」

いつも手加減をしている……らしい。賛同できない言葉だ。

明かりは消されずに、シャルロットは立った状態でドロワーズのウエストの紐を解かれ、薄絹を剥ぎ取られた。

次に、フランシスの手は、結ってある髪からピンを抜いてゆく。宝石が付いているピンは、その重さで床へ向かってコトンコトンと落ちた。

髪飾りも取られると、シャルロットの金褐色の髪がふわりと背中に降りる。

「麗しい髪だ。――ずいぶん、長いな」

長いと言われて奇妙に感じる。十六歳のときに切っているから、それから比べれば長いのだろうが、普通に屋敷の奥で育てられた貴族家の令嬢たちはもっと長いはずだ。

彼女の髪が長いと、なぜそう思うのだろうか。

隙間に入った風のような疑問は、情事の始まりによって消えてゆく。

後ろから頭に口づけられて、前髪の一筋を唇で挟まれた。少し引っ張られて、顔が上を向く。

すると髪はさらに広がって背中を覆った。

両肩を彼の両手で掴まれ躰を回されると、フランシスと向かい合うことになる。

彼は、服を着ている。王太子としての最上級の上着とズボン、胸飾りだ。

急に凄《すさ》まじい羞恥が込みあがり、シャルロットは目尻に涙を浮かべた。

「わ、わたしだけがこれでは、まるで……まるで……」

「娼婦《しょうふ》のよう？　そういうのもいいな。今夜は、この薄明りの中で、シャルのすべてを見ることにするよ」

妖艶に笑ったフランシスの顔を見ていられなくて、シャルロットは目をぎゅうと閉じた。

抱きしめられる。口づけられた。服の感触が、ざらりと肌を擦ってゆく。

「う……んっ、んぅ……」

唾液と舌と唇が絡まり合って、くちゅりくちゅりと音がする。生き物を感じさせる音だ。

フランシスの舌はシャルロットのそれが逃げるのを許さない。追いかけてくる。

蕩《とろ》けるような舌技に次第に追いつめられるのは気持ちがよかった。だから、上着を掴んで取りすがってしまう。すると、フランシスは喉の奥で笑うのだ。

ひょいと抱き上げられて、ベッドの上に下ろされる。膝を掴まれ、足を広げられた。

ベッドで仰向《あおむ》けに横たわり、足を付け根から大きく広げている自分の姿が信じられない。

いつも性急に求められて、無我夢中で彼に縋り付いているだけだった。ゆっくり行為を進められるのがこれほど恥ずかしいとは。

覆《おお》い被《かぶ》さってきたフランシスは、シャルロットの乳房を散々揺らして、掴み、気の向くまま舐める。

「大きい……、小柄なのに、どうしてこれほど……」

悔しげな呟きだ。

「初めてだった。なのに……」

ソファでの最初の交わりのことを言っている。

初めての痛みも味わったし、破瓜《はか》の血もあったとフランシスから聞いた。血については、彼がドロワーズで拭《ぬぐ》ったと言っていて、非常に恥ずかしかった。

そのドロワーズはフランシスが持っていると言ったので、シャルロットは、ものすごく強く主張して返してもらっている。誰の手にも渡さず彼女自身で刻んで捨てた。

「んっ、ん……ぅん、ふ……」

胸から下肢へ移った唇を意識が追う。開いた脚の間にいるフランシスは、薄暗い中でも狭間《はざま》を眺めていた。

上着を脱いだだけの彼は、シャツも着ているし、ズボンも穿《は》いている。他者からの視線で考えれば、まさに男を誘って足を開いているように見えるだろう。

「……あ、もう、見ないで。……フラン、お願い」

「そうだな。私も、眺めているだけでは足りなくなった」

指が肉の割目を辿《たど》る。信じられないことに、それだけで内側から溢れてくるものがある。

「見られていただけで感じた？　奥はもう……ずいぶん濡れている」

初めての交わりから数えて、数回はベッドを共にした。濡れるというのがどういうものなのか分かる。

触れられると、繋がりやすくするために肉体が準備をして濡れるのだと思っていた。それなら、視線だけでそうなってしまうのはなぜだろう。

「そんな……どうして」

「シャルは淫乱だな。感じるから濡れる。感じやすいんだよ」

「いやっ、言わないで……っ」

指がぐちゅぐちゅと音を零しながら陰部の奥を弄っている。どんどん濡れてゆくのが自分でも分かるほどになっていた。

見られるという行為も、ゆっくり愛撫されるタイミングも、シャルロットを追い上げる。指が陰核を捉えると、もう止まらず喘ぎ始めた。

「あん、あん……ア……」

立てた膝が揺れる。脚の間に彼を挟んで狭間には腕がある。指は胎内、そして淫芽を嬲る。

「あ、あ、あぁ……」

快感が強く走る。最初に眺めるという一段階を入れられて、燻《くすぶ》っていたかのような肉体が、身も世もなく喘ぐ。

膝の内側にぬるりとした感触がして、舐められていると分かった。舌は、膝の内側から肌を辿って内股に移動してゆく。

指が深く淫裂を割っているその場所を、フランシスの舌が舐める。

「あぁっ、あん……、そ、ソコは……あ、見ないでぇ……」

「触られるより、舐められるより、見られるのがいや……？」

シャルロットの両手は躰《からだ》の横でリネンを握っている。目は硬く閉じて唇は薄く開いていた。

耳というのは不思議な器官だ。自ら閉じることができない。防ぐことが出来ずに声を聞く。

シャルロットはぶんぶんと頷いた。躰の関係だけなら、自分の寂しさから許容できる。しかし、醜態は晒したくない。濡れてしまうのも、快楽に堕ちてゆくのも、フランシスには見られたくなかった。

――だって、フランシス様が、こういうのは醜いと思われるかもしれないもの。

淑女は、はしたない声を上げてはいけない。貴婦人が快楽に耽《ふけ》るなどとんでもない。未亡人が半年で他の男性と関係を持つなど、呆《あき》れてしまう――のではないだろうか。

もっとも、関係を迫ったのはフランシスなのだが。

「たっぷり見させてもらう。こんなふうなあなたを――叔父上が知らないあなたを見るのは楽しい。……どれほどの乱れも喘ぎも、私だけのものだ」

ぐいっと奥へ指が入ると同時に、陰核を唇が挟んだ。

「あ、あ、だめ、だめ、そんな……っ、汚いわ、そんなとこ……っ」

口でそれを愛撫されるのは初めてだった。

フランシスは、シャルロットの叫びにも似た訴えを無視して、肉の芽を舐めて扱《しご》いた。歯できしきしといたぶられる。きゅうと吸われると、無意識にも腰が浮いた。

「くっ、ひあぁっ……っ、あ、あぁ……」

びくんっと戦《おのの》いて背が反った。一瞬の硬直のあと、がくがくと震えた肉体は快感で上り詰める。それでも指は抜いて貰《もら》えない。唇もまた、更なる責めを繰り返す。

「いやぁ、あああ、あぁっ……フラン……っ」

激しい息遣いも収まらないのに、達しても続けられる愛撫は苦しいほどだ。

「下の口が喘いでいる。分かるかな、食われてしまいそうだ」

指が立てられて、痙攣《けいれん》したようになっていた襞《ひだ》がそれにむしゃぶりついた。

激しく熱く責められる。

何度達したか分からないほどになってようやく顔を上げたフランシスは、シャツを脱いで自分の口元を拭う。彼女の躰にキスを落としながら下から辿って上がってくる。

唇は肌を舐めて吸い、やがて頬を擽《くすぐ》り耳へたどり着いた。

「何度、イったかな。顔を見ながらできないのは残念だ」

シャルロットはぐったりしながらも、羞恥で顔を真っ赤にして唇を引き結ぶ。

「綺麗だ。シャル」

目を閉じて横を向くと、外耳を舐められて舌が潜った。彼の指は陰唇をなぞりながら、会陰を撫でる。そうしてまた指の挿入だ。ぐちゅりと派手な水音がした。

「すっかり濡れて」

「う、うん……っ」

「あなたの可愛い芽は感じると膨らんで赤くなる。淫らだ。柔らかくて、ゆでた豆のようになる。私の唾液もあるし、あなたの蜜もあって、てらてらと濡れて顔を出しているんだ。自分で見たことはない？　鏡とか」

涙を溜めた眼を薄く閉じて首を横に振る。顔の両横から頭の上の方にまで広がっていた髪が、ふぁさりふぁさりと波打った。

フランシスは目を眇《すが》める。どうやら彼は、シャルロットの髪がお気に入りだ。

「我慢しながら触れているのも、限界があるな」

意味を考えるまでもなく、足が持ち上げられて臀部《でんぶ》が彼に向く。このあと何が起こるのか、最初の痛みを味わった肉体や意識は十分知っていた。

「シャル……啼いてくれ」

肉裂を割って押し込まれてくるのは男の一物だ。圧迫感もあれば異物感もある。

待っていたというこの感覚。内部は、空虚を埋めてくれる怒張を待ち望んでいた。

「あぁっ……っ、……ア——……っ、っ」

仰《の》け反《ぞ》りながら受け止めてゆく。シャルロットはシーツを握りしめていた両手をふわりと浮かせて、彼女を貫く男の肩に回した。

長大なる竿《さお》は確実に差し込まれて深くを犯す。やがて抜き差しが始まった。

「あ、は、はっ……っ」

「絞まる……っ、シャル……」

彼女と同じように激しい息遣いになってくるフランシスは、彼の首に腕を回して縋り付いているシャルロットを見つめた。

「キスだ。……してくれ」

言われるがままに、自ら唇を合わせる。ぐいぐいと内部を犯す陽根が、ぐりっと奥を擦ると痺《しび》れるような感覚が走って、口づけながらシャルロットは息を途切れさせた。散々達して脱力気味の腰から、さらに力が抜けていくような感覚だ。

口づけの様子でそれを察知したフランシスが、集中的に蜜壷の中を擦ってくると、シャルロットは恐ろしいような快感を味わうことになった。

もう唇を合わせてなどいられない。激しく息を吐く。

「あん……っあぁぁ、……あああ、アァ——……」

襲いくるものは確かに愉悦だ。けれど高みに到達する前に、フランシスはぐんっと奥を突いて果てた。どくどくと血脈を膨らませる男のものを内部で感じた次には、奔流を感じ取る。

「……フラン……っ、ぁ……ん――」

その声は自分の耳にも、まだ足りないという含みを持って聞こえた。

彼は彼女の耳に口を寄せ、熱い吐息と共に囁く。

「もっと……だな?」

頷くのかどうするのか考えられない。言われたことも、ぼんやりした意識では掴み切れなかった。焦れたフランシスは、答えを待たずにゆらゆらと動き始める。

「あ、あん……フラン……」

「近いうちに……中で達《い》けそうだな……」

意味が分からない。どちらにしろ、内部で蠢《うごめ》く肉塊と水音が彼女の精神を絡めとってゆく。

首にかけていた腕を彼によって解かれると、再びシーツに背中を預けることになる。突き上げが始まり、嬌声《きようせい》が迸る。夜はまだ始まったばかりだ。

雨音がする。眠っていた意識が、ふわりと浮き上がった。

ベッドで横たわりながらそっと目を開けたシャルロットは、視線の先に窓があったので、薄暗い中で目を凝らした。窓のガラスに雨粒がたくさんついている。

彼女の身体には、背後で横になっているフランシスの腕が回っていた。身体の下側と上側から回された腕は、シャルロットをしっかり抱いている。

息遣いは規則正しくゆったりしているから、彼は眠っていると思う。

空気が冷えている。上掛けから外に出ていた肩が寒さでふるりと揺れた。

秋は速く過ぎ去る季節だ。窓の外にある落葉樹が色付き、やがて葉が落ちる。瞬く間に雪景色を眺められる時期に突入だ。

（……まだ眠いわ）

再びすぅっと目を閉じてゆく。夜明けまでにはもう少し時間がありそうだ。

瞼《まぶた》の裏で白いものが舞う幻を見ている。

白いもの――雪だ。雪が降っている。

大学都市ベルンに降る雪の夢。そこにはベルン大学がある。王都よりも、もっと北寄りになる都市ベルンは、冬は雪に埋まる。

たった半年でも、忘れられない思い出をくれた場所だ。瞼の裏には、焼き付いて忘れられない光景が幾つも過ったが、その中でも、はらはらと降る白い雪と金色の髪、優しい手の残像は鮮烈に残っている。

革の手袋をした両手が彼女に向かって伸ばされてくる。シャルロットは不思議なものを見る目で、その手をじっと見ていた。

『これでは寒いだろうに』

フランシスは、笑ってフードを被せてくれた。

〈シャルル〉を忘れられないとフランシスは言う。シャルロットの方だって忘れられない。雪降る中で笑った彼を。雪から守るためにフードを被せてくれた彼を。忘れられるはずがない。


古い公爵家の当主であるリチャードは、現国王の弟だ。

カリィ公爵家に後継ぎが生まれなかったので、公爵家を断絶させるのが惜しいと考えた前国王がリチャードに公爵位を継がせた。

兄との仲は良好であり、カノーファ王国におけるリチャードの権力や財力はとても巨大だ。

結婚当時、社交界へデビューをしていなかった十六歳のシャルロットでは、夫となる者の力など知る由もない。

三か月ほど家庭教師を付けられて男子の一般教養の詰め込みをしてから、ズボンとシャツとタイ、そして上着という特別仕立ての服を着て出発することになった。

服は数十点にもわたって揃《そろ》えられたようだ。すべて教授宅に先送りされていた。

並べられた衣服の中から、襟と袖口に茶色の革があしらわれたチェックの上着を取れば、衣装係がズボンや靴下などを合わせてくれて、すべて身に付ける。

シャルロットは、鏡に映った自分を不思議そうに眺めた。髪も切っているから、本当に男のように見える。年長者からすれば、少年の部類に入るかもしれない。

リチャードのところへ行くと、一人用ソファに腰を掛けた彼は、前に立った彼女を上から下まで眺めて肩を揺らせながら笑う。

「これならなんとかなるだろう。シャルロットはもう少し食べて運動をした方がよさそうだな。女性としての綺麗さが隠れるから、今はかえっていいのかもしれないが」

率直な感想を述べたリチャードは、執事に指示を出し、大学都市ベルンへ彼女を送らせることにした。

王都の中央駅まで見送りに来たリチャードは、やはり楽しそうに笑って言う。

「成績には期待していない。半年程度では、覗《のぞ》き見《み》る程度にしかならないからね。だが貴重な体験になるだろう。欲しい知識は自分で手に入れるよう努力しなさい」

「はい。リチャード様。……あの。ありがとうございます」

うんうんと頷《うなず》いたリチャードは、穏やかなまなざしでシャルロットを見て、目を細める。

「おまえの望みを叶《かな》えることが、これほど私を満足させるとはな。思い切り楽しんできなさい。しかし、必ず半年で戻って来なくてはいけないよ。私には、先があまりない。おまえと一緒に暮らせるのを楽しみに待っている」

真摯に言われて、シャルロットは居心地が悪くなった。目の前の紳士は、お金を出して買った花嫁でしかない彼女の願いを叶え、共に暮らすのを楽しみにしているらしい。

三か月過ぎても、リチャードは優しいままだ。公爵家の敷地内にある礼拝堂で結婚式をしたから、それで彼の目的は達成されたと思ったのだが、違うのだろうか。

（……こうしてくださる意味や理由が、もっと他にあるかもしれない。理由が満たされたら、まったく別な人になってしまうかも）

すべての書類にサインをした途端、豹変した伯父夫婦のことが頭にある。

優しくされても、すぐには心を開けない。誰も信用できない。近づきすぎないよう用心して、常に一歩引くのが先にくる。

それが悪いことだとも思わない。知識と用心がなかったから、何もかも失くした。

複雑な顔をしているシャルロットの頭をリチャードは撫でた。帽子を被っているのにぐりぐりと撫でるので、彼女はボウラーハットを被り直さなくてはならなかった。

「行っておいで、シャルロット。おまえにとって、大きな意味を持つ日々になるよう、願っているよ。そうして何事もなく戻って来るように。待っている者のいるところが、おまえの帰る場所だと思ってほしい」

「……はい」

感動もなく、抑揚もなく返事をした。

長い列車の旅は、最初は珍しくてきょろきょろと周囲を見回すのに夢中だったが、そのあとは疲れたので眠って過ごした。

到着した大学都市ベルンは、想像以上に大きな町だった。行き交うのは若い男女が多く、もしかしたら王都よりも活気に溢れているかもしれない。

彼女はそこでブラウン教授の家に預けられることになっていた。執事は場所を知っているのか、駅から出たあとは目抜き通りを迷わず歩いてゆく。大きな荷物を持っていながら早い。追って歩くのが大変だった。

王都にある小さめのアパートメントに近い造りの家の前で止まった執事は、三段ほどの階段を上って、扉のノッカーを鳴らす。扉はすぐに開けられた。

中に入ったところにあるリビングで、ブラウン教授に逢う。

「ふほう。これは、これは、綺麗《きれい》な少年だ。驚いたな。リチャードの妻というのは本当かね？女性だと聞いていたが、まさか本当に少年ではないのだろうね」

ブラウン教授は、リチャードと同じくらい高い身長をしていた。ふさふさの髪はライオンの鬣《たてがみ》なみで白い部分が混ざった栗色《くりいろ》だ。薄い茶色の瞳をして、柔らかそうに動く細い身体をしている。

片眼鏡をくいっと上げて、腕の一方を腰に当て、その腰を屈めながら、シャルロット……大学都市ではシャルルと名乗る……をじぃっと眺めた。執事が焦って答える。

「もちろんです。妻となさいましたからには、女性であるのは本当でございます。預かるのが無理とご判断されるなら、このままお連れして王都へ戻りますが」

「いやいやいや、約束だからね。もちろん、預かろう。大学への編入手続きも済んでいる。学長にも話した。特別預かりの身分だ。半年ならそれですごせる」

「よろしくお願いします」

ぺこりと頭を下げた。執事は彼女よりも深く腰を折ってから、リチャードのところへ戻って行った。

ブラウン教授は、シャルロットのために二階の一室を提供してくれるそうだ。他にも部屋があり、それは他の学生が下宿しているらしい。

彼女に宛《あて》がわれた部屋には、机と椅子、ベッド、そして鉄のストーブがあった。

まじまじとそれを見るシャルロットに、ブラウン教授は聞いてくる。

「ふぅむ。ストーブを知らないのかね？」

「知っています。でも、使い方は知りません」

小さなころは、侍女が暖炉と共にストーブにも火を入れていたと思う。伯父夫婦がシーモア男爵家を牛耳ったあとは、暖房に接することがそもそもなくなった。

「教えよう。自分でできることは自分でするのがここの流儀だ。それに、できる限りさまざまなことを教えてほしいという依頼もある」

依頼はリチャードからだろう。それ以外には考えられない。

「お時間を割いていただくのは申し訳ないです」

「気にすることはない。この見返りに、私の研究費用をたっぷり出してくれる約束だ。あぁ、それも気にすることはないよ。あいつは、研究費用を出す名目をいつも探している。貸してもらうと言えば、返すことを考える必要はないと突っぱねるような財力があるからね」

「はぁ……。リチャード様とは、ただのお知り合いではないのですか」

「大昔から続く腐れ縁の友人だ。その妻なのだから、大きな顔をしてここにいたまえ」

両手を大仰に動かしながら説明される。内容はとにかく覚えておいてあとでもう一度考えようと思った。〈研究費用〉〈貸し〉〈腐れ縁〉。聞きなれない単語ばかりだ。

「はい。お願いします。あの、教授のご家族はどちらにいらっしゃいますか？　御挨拶をしたいのですが」

「私は独り身だよ。学問を探求するには一人でいた方がやりやすいんだ。あぁ、でも、生誕祭は故郷に戻る予定になっている。両親が呼んでいてね」

「余計なことをお尋ねしてしまって……っ」

〈一人〉という言葉が身に迫り、ざっと青ざめる。〈一人〉はつらいことだと経験が言う。

「慌てなくてもよろしい。まずは落ち着きなさい。それこそ余計なことだ。いいかね。君がこなさなくてはならない課題はこれからだよ。そうだ。言葉使いも、もっと乱暴で男らしくしないといけないね」

「……はい」

がっくりと疲れ果てた。先行きを大して考えずに飛び込んでしまったのを痛感する。彼女の知っている貴族社会とはずいぶん違う。もっとも、自分が属する社会でさえ、知っているのはわずかな一面しかないが。

夕食は、ブラウン教授と向かい合って取った。

大きな目をさらに丸くしてシャルロットはブラウン教授の言葉に聞き入る。ブラウン教授はとてつもなく好奇心旺盛で、こちらが質問していたはずなのに、いつの間にか喋《しゃべ》っているという状態になった。尋ねられているうちに、どんどん話してしまっている。

次の日は、大学だ。

「行ってきなさい」

「一人で、ですか」

「書類は渡したね？　提出すればそこで説明してくれる。自分のことは自分で、だよ」

屈みこんでぐぐっと顔を近づけられて言われれば、頷くしかない。

歩いてゆける距離に、ポプラ並木と大通りがあって、まっすぐ辿れば大学の正面だ。荘厳で巨大な建物、高すぎる天井を眺めようとすれば首が痛くなるような講堂、信じられないほど大量の本が詰め込まれた図書室。すべてが巨大に感じられる。そして、大量の人。

長い廊下にはたくさんの学生たちが歩いている。多人数で歩きながら大きな声で議論を戦わせている者たちもいた。彼女にはまったく分からない内容だ。

すれ違うときにピタリと話し声が止《や》んで、ぶしつけにじろじろと眺められた。

「んー、だれ。知っているやついるか」

「さぁ」

てくてくと歩いた。頬が上気して真っ赤になっているのは、気にしないようにする。

「おーおー、可愛いね。こりゃ」

「うるさいっ」

思わず振り返って大きな声を上げれば、その場は大爆笑となった。走って逃げる。それが第一日目だった。

溢《あふ》れる生命力、そして知識、情報。巨大な渦巻きがここにはある。

無我夢中で講義に出て、無我夢中で本を読《よ》み漁《あさ》り、歩き去る教授に追いすがって質問責めにした。慣例も知らないから失礼なことを随分していると思うが、半年という時間的な制約が彼女を追いたてる。

学生たちが異様な眼で見つめているのも振り切って、常に次を求めて走る。走る。

ドレスを着ていたら無理なことだ。男装をしている自分の解放感をどう説明すれば分かってもらえるだろうか。

——説明……。だれに？　リチャード様に……？

こうしていられるのは、リチャードのおかげだ。

大学にいる学生たちは貴族の子弟が多く、生活は下宿屋で、ほとんどが従僕連れだ。従僕を持たない〈シャルル〉は、ものすごく浮いていた。しかし、ブラウン教授宅で下宿していると言えば誰もが驚く。

「ぶ、ブラウン教授！　あの変人宅にか……っ！」

「待て、ブラウン教授はあの若さで物理学の権威だぞ。ということは、この可愛いのは弟子とかじゃないか？」

〈可愛いの〉とは、いつの間にかついた〈シャルル〉の字だ。

友人はできそうにない。同じ講義を取っている連中は、年齢的に上の者ばかりで、どちらかといえばペットかマスコット扱いだ。

——ブラウン教授は、実力者で、変人なんだ。

物理学や医学を専攻している人は変人が多いらしいが、ブラウン教授はベルン大学では音に聞こえるほど天才的な博士で、なおかつ変わっているそうだ。

「取って食われたりしてさ」

シャルロットはブラウン教授の名誉のために急いで否定する。

「そんなことないって。教授は優しいよ。メイドさんたちが食事を作ってくれるけど、教授も作ってくれる。シチューとかっ」

「……変なもの、入ってない？」

「美味《おい》しいって」

男口調を意識するとおかしな言い方になったが、周囲はすぐに慣れた。さまざまな地域から集まってくる学生たちは、柔軟性に富んでいる。

パブリックスクールに行っていないことや、年齢を知られると驚かれてしまう。なので、過去に関することは一切言わないことにした。

シャルルも変な奴《やつ》と言われ、おかしな視線がまとわりつくようになると、なぜか、大学の理事会に顔の利く後ろ盾がいるという噂が流れた。わざと流されたかもしれないその噂で、ちょっかいを掛けてくる連中も遠巻きになる。

ほんの一か月でそれだけの出来事があった。そうしていつの間にか、まめに講義に出て、図書室に籠り、教授連中を質問責めにするシャルルに皆が慣れてゆく。

――リチャード様の力がすごいんだ。

王都から列車で何時間も来た。これほど離れた場所でも、自分が真綿で包《くる》まれるようにして守られているのを感じる。

リチャードは、彼女のわがままなお願いを叶えてくれた三十二歳上の夫だ。それだけの関係でしかないのに、目には見えない彼の腕が、そこかしこにあるような気がする。

——夫。家族になる人。なった人、かな。もう結婚したんだった。離れてようやくリチャードのことを考えている。その存在の確かさをここで感じるというのもおかしなことかもしれない。

——でも戻ったら、怖い人になっているかもしれない。

信じきるのは難しい。

「シャルルは、人を信じないよう努力しているね」

最初の日と同じように、夕食は教授と向かい合って取っている。そんなある夜、はっきり言葉で指摘されてどきりとした。暖かな食事が喉を通らなくなってフォークを置く。

否定する意味はないと思えた。教授は確信したからこそ指摘したのだ。

「すみません」

「悪いと言っているわけではないよ。信じなさいとも言わない。自分の選択で自分の人生を選び取ってゆくのだから、信用しないというのも己が選んだ選択だからね。結果も自分にくる。それだけのことだ」

ふぉっ、ふぉっ……と、教授が笑う。その姿を見ているうちに、シャルロットはもう一度フォークを手に取って、ジャガイモを食べ始めた。バターの溶け具合がとても美味だ。

ありのままを受け入れてくれる教授は、たくさんの知識を持つ学者であり、真理を求める探究者だ。嘘《うそ》偽りに興味がない。飄々として己が理論の証明実験を繰り返している。

——リチャード様がどれだけ頑張って資金援助をしようとしても、教授は、そのときに必要なら手に取るし、必要なければ目にも入らないんだ、きっと。

シャルロットは小さく笑って、今度は教授のために自分が料理をしようと決めた。

そうして、ある日彼女はフランシスに出逢う。

特別扱いを不満に思う学生も少なからずいた。大学都市の最安値の下宿屋で、食べるものにも事欠いて授業料を支払えずに大学を去る者からすれば、〈シャルル〉の待遇は腹立たしい限りだったのだろう。妬《ねた》みもあったに違いない。

九月に編入した。北よりの大学都市では秋が早く来る。落ち葉がハラハラと舞う大学の敷地内で、〈シャルル〉は数人の学生に囲まれてしまった。みな〈シャルル〉よりもはるかに体格がいい。これでは逃げられそうにない。

「おまえ。まともな知識もないくせに特別扱いとはどういうことなんだ。許せん。どこの貴族家の者だ。言えっ、抗議してやる」

「言えない。僕に構わないでくれ。長期間ここにいることはないから」

シャルロットは必死になって言い募る。大学都市に来て一か月過ぎている。彼らの言い分や気持ちは、薄々でも察せられるようになっていた。

「ふん。どこのどういうお方なのか、正体を教えてくれれば見逃してやらんこともない」

「言えない」

比較的なよっとした軟弱そうな奴が言う。

「こんな状況で頑固だなぁ。いいかい、この林は周囲からの目も届かないし、早く答えた方がいいと思うけどね。君は細いし小さいし顔も綺麗だから、どうなっちゃうか知らないよ」

くねりとしなを作った学生の様子に不穏なものを感じた彼女は、止めようもなく頬を真っ赤に染め上げた。それを合図に、男たちが手を伸ばしてくる。

「よせっ」

もっとも近づいた奴の手首を掴《つか》んだのは、いつの間に来たのか、金髪で青緑の瞳をした青年だった。友人なのか、お付の人なのかが数人後ろにいる。

遠くから見たことがあったので誰であるかはすぐに分かった。思わずその名を口にする。

「フランシス殿下……っ」

「シャルル・シーモアか。ブラウン教授の秘蔵っ子だな」

出来の悪い秘蔵っ子として有名、ではあまり自慢にならない。教授にも申し訳ないことだ。もちろん、ブラウン教授はそういった些細《ささい》なこと――教授にとってはそうだろう――に気を取られることはない。

「これは俺たちの獲物ですよ、殿下」

「見逃すには美しい小鹿だ。私がもらうことにする」

「……んだと」

第三王子であっても大学では同じ平面に並んだ学徒だ。身分的な壁はかなり低くなっている。フランシスにも妬みを覚える連中だったようで、言い争いは瞬く間に乱闘へなだれ込んだ

シャルロットは彼に庇《かば》われ、背中を見るばかりだ。

他にも人が来て大騒ぎになった。学長室に連れて行かれる。ただ、彼女はすぐに部屋を出されようとした。

「僕が最初の原因です！　絡まれました。フランシス殿下は庇ってくださっただけ……」

「黙れ」

当のフランシスに制止をされて、それ以上は言いそこなう。上の方から睨《にら》まれて、口を噤《つぐ》むしかなかった。とぼとぼと学長室を出る。

肩を落としてしょんぼりと廊下で待っていると、フランシスとその仲間の数人、そして相手連中も出てくる。相手連中は悪態を吐きながら廊下の向こうへ行ってしまう。フランシスは、シャルロットの腕を掴んでその場から離れた。

大学前の大通りに出るころには、一緒にいた連中とも別れて二人で歩く。身長差は大きく、シャルロットはかなり首を反らして見上げながらも、抗議の声を上げた。

「どうして僕に説明させなかったんだ。あなたは悪くないのに」

「どんな場合でも、上の人間に《悪いのはあいつだ》と密告すると、もうこの場にはいられなくなるだろうが。上に話を通すときは、証拠をそろえて周囲を固めないと孤立するぞ」

言われてみればその通りかもしれない。フランシスは笑っていた。

「泣きそうでも、頑張っていたな」

「な、泣きそうになんか、なってないっ」

意地で言えば、フランシスは大きく声を上げて笑った。おおらかで明るい彼は、シャルロットの視線を釘付《くぎづ》けにする。

そのときからだ。フランシスとの交流が始まったのは。

彼を部屋へ呼んでもいいかと尋ねたとき、教授は《友人ができたのかね》と驚いていた。《殿下は信用できるのかい？　そういえば、ずいぶん懐《なつ》いているようだと他の学生が言っていたなぁ》と言われて、《今だけですから》と答えた。

すると、片眼鏡をくいっと上げた教授は、《それも選択の内だ》と笑ったのだ。結果はすべて己にくると。

選択。自分が選んで、彼と一緒にいるということだろうか。他の誰でもなく。

秋が冬になり、雪がちらつくようになると、誰もが必死でペンを握って講義に集中する。ついていけそうになくても、彼女も必死だ。フランシスが分からない講義の内容を教えてくれる。

フランシスを部屋に招きそこで勉学に励むようになったのは、彼が、冬は寒いからストーブのある部屋を利用したいと言ったからだ。おかしな話だった。フランシスの下宿は大層豪華なところで、きちんとした暖炉があるはずなのに。

けれど、そんな指摘はしない。来るというから、来てもらって勉強する。

彼の友人連中も交えて〈この国の未来は〉などと、狭い部屋で議論もした。たまにブラウン教授も混ざる。

フランシスは常に彼女の隣に陣取る。整った顔を向けられて笑われると、つい誘われて彼女も笑ってしまう。

「シャルルは案外鋭いな。奇妙なほど基礎知識が足りてないだけで、そこを補えばかなりの学業を収められるぞ。将来は、何になるつもりだ。議員か？　商業を学んでいるのをみると、事業でも起こすつもりか」

たまたま二人だけだったとき、床のラグに座っていた彼女の顔を覗《のぞ》き込《こ》んで、フランシスが聞いてきた。褒め言葉と対になっているから、とても心地よく響いたのは確かだが、はっきりした答えは出せない。《王都へ帰ったら公爵様の妻です》とは、言えるはずもない。

大体、この場にいるのは〈シャルル〉という〈男性〉だ。

「まだ、はっきりしてない。政治と経済を学ぶのは、興味があるからなんだ。それだけ」

「〈それだけ〉で、そんなに勉強するのか」

「無知が怖いんだ」

目線を泳がせて天井を見上げたシャルロットに何かを感じたのか、フランシスはそれ以上追及することはなかった。

雪が降る。大学の正門前の大通りは、両側にポプラが並んでいる。葉も落ちて枝ばかりになったその木に、白い雪が花のようになって積もり始める。

冬は嫌いだったはずなのに、暖かなコートがあり、手袋があり、自由に動ける男の服で駆けることができれば寒くはならない。真っ白な道が目の前にあれば、走りたくもなる。

「シャルル。走るなって。転ぶぞ」

背中から掛けられた声に誘われるようにして、見事に滑って尻もちをついた。

「いった……」

「それみろ、言わんこっちゃない」

フランシスが慌てたように寄ってくる。おかしなことだ。〈少年〉なら、このようなことは日常茶飯事だろうに。

「平気」

立ち上がって、腰や臀部に付いた雪を払う。着ているのはダッフルコートで、フードが付いていたが、後ろに退けていた。雪はちらちらと彼女の上に降っている。前に立ったフランシスの金色の頭の上にも降っていた。

じっと見つめられているのがくすぐったくて、シャルロットはくすくすと笑いながらフランシスを見上げる。

「そういうの、過保護って言うんじゃなかった？」

笑う。〈シャルル〉の金褐色の頭の上には雪が降り掛かり、夕方に近い時間だから少々薄暗くなってくる中で、髪と同色の大きな瞳がフランシスを捉えている。

頬は寒さでバラ色だ。唇もまた――。

フランシスは大きく息を吸って怒ったような声を出す。

「過保護で何がいけない」

むすっとしながらも、彼は両手を伸ばしてシャルロットの背中側に落ちていたフードの端を掴む。

「これでは寒いだろうに」

フランシスは、鮮やかに笑って彼女の頭にフードを被《かぶ》せた。

目が合う。青緑の瞳の中に彼女が映っていた。優しいまなざしが、雪の冷たさを忘れさせる勢いで注がれている。

無性に恥ずかしくなった。シャルロットの顔が、頬ばかりでなく真っ赤に染まる。

降る量を増やした雪がカーテンのようになって、向き合って立っているシャルロットとフランシスを外界から隔てていた。

ドキドキと鼓動が速まるのに耐え切れず、ぱっと身を翻したシャルロットは再び駆けだす。

「待て……って、またこけるぞ」

フランシスが追いかけてくる。捕まえられたくなくて、ブラウン教授の家まで走った。

忘れられない光景は幾つもある。

その中でもくっきりと心に残っているのは、金色の髪の上に降り積もる白い粉のような雪と、フードを被せるために伸ばされた、茶色の革の手袋をした手だ。

その光景は、網膜に焼き付いたようにして残っている。

生誕祭や年末年始は家に帰る者が多い。ブラウン教授は故郷へ戻る予定だ。

『私は故郷に戻る。シャルロットは王都へ戻らないのかい？』

『半年しか時間がないから。できたら一人でも残っていたいんです』

『ふ～むむ。できないことはないと思うが、本当に一人になってしまうよ』

『閉じ籠っていますから』

『それも選択だな。いいだろう。食料をたっぷり、コークスもたっぷり手配しておこう』

ぱぁっと顔を輝かせて《ありがとうございます》と言えば、ブラウン教授は、《リチャードは怒るかもしれんがな》と返してきた。

『選択の結果は自分のものです』

『確かに。その通りだ』

教授はくいっと片眼鏡を上げながら笑った。

大学から人がいなくなると、雪のせいもあって汽車が動かなくなる。移動する者は大学が休み入ると同時に動く。大学都市は、生誕祭を前に学生以外の者たちも移動して、次第に空《から》になっていった。

ブラウン教授も故郷へ戻って行き、数人の下宿人たちもみな、家族と過ごすために帰った。シャルロットだけが残っている。

フランシスも、王宮での生誕祭の舞踏会や、新年の夜会のために、ぎりぎりまでベルンにいたが王都へ戻って行った。

シャルロットは、閉め切られる大学の図書室から、借りられるだけの本を持ち込んで部屋に籠る。十日ほどだ。年が明けるまで一人でいても大丈夫だと思った――のに。

――寂しい……？

両親が亡くなったころもこういう感じだっただろうか。

「勉強するには冬籠りが一番なんだからっ」

一人でいると独り言も多くなる。

「少なくとも今は暖かいし……」

本に埋もれるのが最上の贅沢《ぜいたく》だと言い聞かせて、一人で一人分の料理をする。パンも焼いた。

生誕祭、年末、過ぎてゆく日にちがよくわからなくなる。外に散歩に出ても一面の雪で遠くへは行けそうにないから、誰にも逢わない。

――雪。まるで真っ白な闇のよう……。白い泥の海かも。

不意に襲ってきた考えを首を振って払う。心臓の鼓動が早い。

両親がいなくなった。シーモア男爵家を乗っ取られた。リチャードは遠い。教授もフランシスも、己が必要とされる場所へ戻った。誰もいない。自分は一人だ。

精神がどこかおかしくなりつつあるのを自覚して、シャルロットは本に没頭した。年が明けてゆく。一人だ。鼓動がうるさい。

「も、寝よう」

白い闇の中に埋もれる自分を感じて、現実へ戻るために声を出した。

ごそごそと最上級の毛布に包《くる》まり、その上から羽毛の布団を被る。暖かいはずなのに、寒い。誰もいない。誰も、……いない。一人だ。震えてくる。

いきなりドンドンと扉を叩《たた》く音がした。

ぎくりとして周囲を見回す。雪に埋もれる町では逃げ切れないから、まさか強盗もないだろうと思いつつ、耳を澄ませる。

叩く音は、どうやら階下の玄関のところだ。

(誰か戻ってきたのかな。でも汽車は隣町で止まってるって、聞いたんだけど)

年が明け、学生が戻るころに汽車は動き出す。

シャツと軽いズボンを夜着の代わりにしている。その上から厚手のガウンを羽織って階下へ行った。足先にはふかふかのスリッパだ。リチャードが用意してくれた。彼は王都にいて遠い。

扉の前に立って、そっと声を掛ける。

「誰?」

「シャルルか?　私だ」

「殿下っ!?」

急いで錠を外して扉を開ければ、真っ白なスノーマンがそこに——‼　否、フランシスが立っていた。シャルロットが手に持っていたのはランプだったが、わずかな光でも彼が雪まみれなのは分かる。

コートを着ていてもこれでは寒いだろう。帽子も被り、手袋もしていて、口元まで覆った厚手のマフラーがあっても、寒いに違いない。

「とにかく、早く入って。あっためないと。僕の部屋のストーブは消したばかりだからすぐに火を起こせる」

温めないといけない。温かな飲み物も必要だ。鉄のストーブの上に置いたやかんの湯は、まだ冷めていないはず……と、頭の中でぐるぐると思考を回す。

部屋へ入って濡《ぬ》れているコートを脱いだフランシスの顔色は蒼《あお》ざめていた。唇が震えている。

「ベッドへ入って。温まらないと!」

「濡れているし、人のベッドへ入るのは……」

「いいからっ。スノーマンみたいだったんだよっ!」

泣き出してしまいそうだ。ストーブの火を掻《か》き立《た》て、コークスを足す。湯が沸くのを待ちきれずに、味が落ちるのを承知のうえでお茶を淹《い》れ、マグカップを渡す。

ベッドの横端に座ったフランシスは、両手でそれを持った。手が冷え切っているようだ、微《かす》かに触れた彼の指先が冷たい。

コートの下に着ていた上着も濡れた感じだったので、脱いでもらって椅子の背に掛ける。

「僕の服じゃ着られないよね。教授のを借りてくるよ。同じくらいの身長だもの。教授には僕が謝っておくから……っ。ほんとに、どうして！　一人でこんなことっ！　王宮にいたんでしょう？　わざわざ、こんな時期に戻らなくてもっ」

怒っている場合じゃないと気が付いて、教授の服を物色するために部屋を出ようとすると、後ろ手を掴まれた。

「シャルルが一人で残っているって聞いて……心配でたまらなかったんだ。顔が見たくなって、どうしても来たくなった。年明けまで王宮にいたから、王子としての義務は果たしたつもりだ。汽車は隣の町で止まって動きそうになかったから歩いてきた。私が自分で勝手にした。少し休んだら自分の下宿屋へ行く。構わないでくれ」

「だめだ。どれだけ豪勢な下宿先でも、誰もいない部屋なんて冷え切っているよ。それに、また雪の中に出て行くの？　濡れたコートで？　同じ町の中でもどこかで遭難しちゃうだろっ」

彼女の手を握るフランシスの手が、熱く感じられてぎょっとする。

「フランシス殿下、フランシス、……フラン……熱があるんじゃ」

額に手を当てるとひどく熱い。フランシスは彼女の手を避けずに、目を眇《すが》めるだけだった。表情もどこか熱っぽい感じがする。見つめてくる青緑の瞳も熱を含んでいるように見えた。

「何でもいいからもう寝て。お願いだから。医者は……だめだ。みんなそれぞれ故郷へ帰っている。医学関係者くらいなら、誰か居残っていたはずだけど……」

「いい。……すまんが、ここで寝かせてもらうことにする。シャルルはどこへも行くな。姿が見えなくなったら、捜しに行かなくちゃいけないだろう？」

「何を言って……」

フランシスが来てくれたから、白い闇に沈んでゆく気配は払拭されていた。おかしくなりかけていた自分は元へ戻っている。

こんなときなのに目尻に涙が溜まる。だめだこれでは、と己を叱って手の甲で拭う。

ふらりと傾《かし》いだフランシスをベッドに寝かせる。彼は小さく笑った。

「おまえのぬくもりが少し残っているな。寝たところだったんだろう？　起こしてごめん。いい匂いだ……」

最後の方は口の中の呟《つぶや》きのようだった。くわっと頬が上気したが、しょせん、熱によるたわごとだから気にしないよう努める。

横になったフランシスに毛布を被せていると、腕を引かれてベッドに引きずり込まれた。

「フランっ！」

「寒いから、湯たんぽになってくれ」

「そ、そんな……えっと、そういえば、裸になるんだっけ？」

雪山などで互いに互いを温めるときは、裸になって寄り添う——と、どこかの本に書いてあったのを思い出して呟けば、フランシスは喉の奥で笑う。

「相変わらず、三段跳びの思考をするんだな。……このままでも十分暖かい。シャルルは体温が高いな」

どう答えればいいのか分からないが、まずは温めなくてはいけないと考えて、毛布を上手《うま》く被り直し、上掛けを引っ張る。ランプとストーブの明かりがあるので真っ暗ではない。

後ろから彼女の腹のあたりに回っている腕はフランシスのものだ。

腕を緩く巻いて、ぴたりとシャルロットの背中にくっついたフランシスは、温まってきたのか軽く寝息を立てはじめた。

隣町から雪の中を歩いてきたのなら、さぞかし体力を消耗しただろう。これだけくっついていては、少年ではないとばれてしまうかもしれないが、フランシスが寒くなると思えば、もうこれでいいと考える。

——寒いのは、つらい。お腹《なか》が空くのも。一人なのも。

後ろの寝息を耳でじっと聞く。背中に触れる彼の胸のところの呼吸音に雑音が混じると肺炎

を疑わなくてはならない。肺炎には血清が要る。

知識は役に立つと、しみじみ思った。

耳を澄まし、彼の状態に最大限の注意を払って、シャルロットはじっと動かないでいた。ストーブに火を入れた以上、眠ってしまうのはまずいということもある。

それでも、うとうとと少し眠りに落ちたようだ。窓からの明かりで朝が来たのを知る。目を開けば自分の後ろで寝ていたはずのフランシスがいない。

――夢だった？　まさか。

かちゃりとドアが開くので、跳び上がるようにして上半身を起こせば、入ってきたのはフランシスだった。両手に何か器を持っている。

「殿下……。もういいの？」

「おかげですっかりね。これでも体力はあるんだ。放置気味の三男なんてこんなもんだろ。台所でスープを作ってきた。一緒に食べよう」

「作れるんだ」

もそもそ起き上りながらベッド端に座ると、器が渡される。中身はどうやらビーフシチューのようだった。

「すごい。美味《おい》しそう」

「美味《うま》いさ。狩りに行けば、外で料理もするし、大抵のことは自分で出来るつもりだ」

添えられているスプーンで一口食べる。本当に美味かった。

床に座り込んだフランシスも器を持っているが、彼女の方を見たままで動かない。

「……殿下は食べないの？」

「食べる。明日からはまた学徒だ。この部屋にある本が読みたいな。いいかい？」

「いいけど……。王都に戻らなくてもいいの？　新年の催しとか、まだたくさんあるはずだと思うけど」

「来てしまったんだから、もういいさ。この雪では戻れないし。兄上が王太子としてきちんとやっているから、必要とされない限り、私は大いに自由を満喫するつもりだ」

「自由を満喫って、王子殿下なのに」

くふふと笑うと、フランシスはふふんと笑って返してきた。

「王子であっても、できる間はやりたいことをするつもりだ」

「そうだね。できる間だけは……」

シャルロットはわずかに下を向いて自分の様子を眺めた。夜着にしているシャツと、軽いズボンのままだ。シャツの下は薄絹の女性用下着とはいえ、シャツを脱がない限り分からない。

フランシスは何も言わない。

（……大丈夫。気が付いてないみたいだ）

ほっとする。ブラウン教授や学長が〈シャルル〉は女性だと知っていても、その情報が外に漏れない限り半年間は目を瞑《つぶ》ってもらえる。しかし、他の学生に知られれば、即時退学だ。

フランシスは、片眼鏡をくいっと上げたふりをしながら言う。

「自由を満喫した結果がどんなものになろうとも、すべては自分で選んだ己の」

「『選択だ』」

声がはもったので二人で大笑いした。

楽しい大学生活。半年などあっという間だ。

三月になって、シャルロットが王都へ戻るときが来た。講義から帰ると、ブラウン教授宅で執事が待っていたのだ。執事を見た瞬間に、期限が来たのを悟る。

シャルロットはその日のうちに身の周りを片づけて、次の朝早く学長に挨拶に行った。

そしてそのまま駅へ行く。駅で待っていた執事と一緒に列車に乗り込んだ。

ブラウン教授が見送りに来てくれたので、座席に座ったシャルロットはホームに立った教授と開けた窓越しに話をする。

「誰にも何も言わずに行くのかね？」

「はい。真実を表に出すことは禁じられています。それに、〈シャルル〉は幻の存在ですから。〈シャルル〉の口で何を言っても嘘になってしまいます」

「そうか」

「教授、ありがとうございました。お世話になりました。とても楽しかったです」

「ふむ。何も言わずに消えるのもまた選択だな。だがね、シャルロット。頬を赤らめるのも、止められない涙を流すのも、己の選択だけで出来ることではないんだ」

言われてはっとする。目元に大量の涙が溜《た》まっていた。顔を動かした拍子に、つ……と頬を零《こぼ》れ落《お》ちる。

意思の範囲外で気持ちは揺れ動く。さまざまなもの思いは、選ぶことができずに沸き起こる心の問題だ。

「リチャードを信じることはできそうかね」

「もう信じています。暖かな空間や、便宜を図ってくれた人たち。すべてリチャード様のおかげです。守られていました。離れているから、余計にそれを感じるというのも変ですね」

「変ではないよ。ま、公爵夫人という役目もゆっくりやりなさい。慌てる必要はない」

「はいっ。教授、いつまでもお元気でいてください」

「君もね。またどこかで逢おう」

汽笛を鳴らして列車が走り出す。シャルロットは、教授に手を振りつつ、過ぎてゆく街並みをじっと見ていた。

半年という期日が迫るのをカレンダーで確かめながら、フランシスには何も言わずに消えようと考えていた。

〈シャルル〉は幻だから消えるしかない。けれども、過ごしてきた日々は本物だ。

ずっと本物にしておきたいから、黙って消えることにした。真実を話した途端、本物だった日々が壊れてしまうかもしれないから。

――本当を知っても、彼は笑って認めてくれるっていうのは都合のいい考えだよね。

彼女は自分を隠すことを選んだのだ。

リチャードのところへ戻ると、待っていたのは公爵夫人としての勉強だった。

忙しい日々の合間で大学でのことをリチャードに話す。フランシスのことは黙っていた。自分でも分からない感情の動きを説明できそうもなかったからだ。

貴重な体験だったことを話して、何度もお礼を口にした。

「ありがとうございました。本当に有意義で楽しい日々でした」

「大学生活で貴重なのは、学問もそうだが、人との出逢いというのがある。先のない私とは違う。友人をたくさん得て思い切り生きてみなさい」

何をどう答えればいいのか分からなくなって、シャルロットは口ごもる。

「リチャード様はわたしの大切な家族です。先がないなどとおっしゃらないでください」

ふっと目を見開いたリチャードは、不思議なほど幸福そうに笑った。


楽しかった大学生活。輝くような日々だった。

雨の降る音を耳が捉えている。窓の方を向いているから、そこに雨粒がたくさんあるのが見えていた。

この雨は、あと一か月もすれば雪に代わるだろう。大学都市ほど降らなくても、王都を白色で覆うくらいには積もる。

ベッドで横になるシャルロットの背中側には、彼女に腕を回すフランシスが眠っている。

かつて雪に埋もれて精神を乱れさせたときも、同じようにして二人で眠った。あのときは、眠るだけだったが。

フランシスは、彼女のために雪の中を歩いてきてくれた。そのおかげで狂いそうな白い闇から彼女は引き上げられている。

リチャードが亡くなって一人になったときに、傍についていてくれたのもフランシスだ。押し寄せる弔問客を、盾になって防いでくれた。

そんなフランシスだから、彼のためになるなら本当になんでもするつもりでいる。

それが、思いがけずこういう形になってしまった。

もしも、ここにリチャードが現れたら、シャルロットに何と言うだろう。罵倒だろうか。批難だろうか。それとも、まったく別の言葉だろうか。以前と同じように、ゆるりと抱きしめられて額にキスをしてもらえるだろうか。

リチャードの考えを聞きたいと考えていたからかもしれないが、そこでシャルロットは不意に思い出した。

（……そういえば、亡くなる少し前の夜に……）

いつものように話をしていた。リチャードが咳《せき》をしたので、今夜はこれでおやすみになられますようにとベッド横の椅子から立ち上がったシャルロットは、彼の指示で書斎の机の引き出しから一つの鍵を取り出して来た。

リチャードはそのカギを手で持って確かめてから、シャルロットに渡した。

手から手へ渡すほど重要なものなのかと思って眺めるが、多少大き目であっても、普通の引き出しの鍵に見える。

『これをどうすればよろしいのでしょう』

『もしも路《みち》に迷ったら、これで銀行の貸金庫を開けなさい。財産とは別なものを入れてある。期限はないから、いつ行っても構わないし、行かないという選択枝もあるかな』

『……路に迷ったら？』

『一人ではどうしようもないことが起きたなら、それを使いなさい』

『？』

言われた言葉は覚えているが、意味は分からなかった。

貰《もら》った鍵は、彼女の書斎の机の引き出しに入れたままになっている。

（路に迷ったら……というより、今は後押しがほしいかもしれない）

抱かれているのが少しずつ苦しくなっていた。前よりも大きな快楽が得られるようになったというのに、心は疲弊するばかりだ。

けれどそれもあとわずかな間だろうから、フランシスのために頑張ろうと思っている。

雨が降っているから陽射しはないが、窓の外が次第に明るくなってきた。あと少し時間が過ぎればフランシスは起き上って、王太子としての彼に戻る。

『おはようございます。叔母上』

王太子の彼は《シャル》とは呼ばない。

それでいい。フランシスはいずれ、正統なる血筋の貴族家、あるいは他国の姫君を妻に迎える。王太子だから、必ずそうなる。そうすれば元の、叔母と甥《おい》の関係に戻る。

つ……と涙が零《こぼ》れた。

――どうしてそれがこんなにつらいの？　当たり前の状態に戻るだけなのに。

彼女の声なき問いに応える者はいない。

雨の音だけが胸の奥に染み入るようだった。

第三章　訪問者

夫を亡くして一人になってしまった叔母を元気づけるために晩餐《ばんさん》を共にする、という名目を掲《かか》げてフランシスは公爵家の屋敷へ頻繁に訪れる。

王宮社交界という隔絶された社会で〈王家の慣習による関係〉と囁かれながらも、二人の接触が一般市民に知らされることはない。いわゆる、王宮における公然の秘密の一つだ。

叔母と甥という立場を崩せないのは明白で、期限のある短期の間柄として邪魔をする者もなく、二人の逢瀬は続く。

そんなある日のこと。枯葉が舞う夕暮れ時に、一人の男が屋敷へやって来た。

「奥様。バートン・ディ・カリィ様がいらっしゃいました」

「すぐに行きます。一階のサロンへ……青の間へご案内してください」

「はい」

先に手紙を貰っていた相手なので、いつもの黒いドレスを纏《まと》ってそちらへ向かう。侍従が開いた扉から入ると、ソファに腰を掛けていた背の高い男性が立ち上がった。

黒髪で短髪というのは違っても、黒系の瞳はリチャードと同じ濃い藍色のようだ。身長はフランシスと同じくらいだが、肩幅がずいぶん広い気がする。

服装は貴族然とした整ったものだったが、隆々たる筋肉が服の下にあるのを想像できる頑丈そうな大きな体躯《たいく》だった。

動きに無駄がなく、背中をまっすぐに立てて歩く彼は、何かしらの訓練を受けているかもしれない。獰猛《どうもう》そうな雰囲気がある。

ドレスの裳裾《もすそ》を優雅に捌きながらゆっくり歩いて近づいたシャルロットは、彼が止まった位置から数歩の間を開けたところで挨拶をする。

「初めまして。わたしが、シャルロット・ディ・カリィです」

頑丈そうな男は驚いた顔でシャルロットを眺めてから、すっと近づき、彼女の右手を下から掬《すく》い上《あ》げて名乗る。

「初めてお目にかかります。バートン・ディ・カリィと申します」

バートンは、背中を丸めて彼女の手の甲に軽いキスをした。

ごく普通の貴婦人に対しての礼儀だが、大きな体躯が丸まった様子に猫のような可愛らしさがあったので、シャルロットはつい微笑む。

ソファに座るよう勧めて、彼女も対面に腰を掛けると、緊張した面持ちでバートンは語り始めた。

「カリィ公爵様よりかなりお若いと聞き及んでおりましたが、まさか、ここまで若く、ここまでお美しい方だとは、驚きです」

「いろいろな噂《うわさ》が流れておりますものね。カリィ一族の方々からみれば、公爵家の財産を一手に握った女狐と言われても仕方がありません。でも、キツネではなかったでしょう？」

「あ、いや、その……すみません」

いきなり頭を下げられたので、シャルロットは慌てた。なんと実直な態度だろう。

先制攻撃のつもりで、棘を含んだ物言いをしてしまった。

葬儀のときにやって来たカリィ一族の代表という紳士は、フランシスの判断では敵認定だった。実際、その紳士はシャルロットに厳しい視線を向けただけで、悔やみの言葉さえなかったのだ。

だからといって、初対面のバートンにきつく言ってもいいとはならない。

シャルロットは頬を薄く染めて軽く頭を下げる。

「ごめんなさい。先走りました。バートンさんは、先々代カリィ公爵様の従弟《いとこ》の孫でいらっしゃるとのことですが。遠縁の方という認識でよろしいですか？」

手紙にはそのように書いてあった。

リチャードにとって、近い血縁者は兄の国王と甥になるサミエルとフランシスだけだ。

前々国王の正妃がカリィ公爵家の姫だった関係で、子供が生まれず断絶寸前だったカリィ公爵家にリチャードが入った。

娘を王家に嫁がせた先々代カリィ公爵も従弟夫妻もすでに亡くなっている。その孫となればかなり遠い縁だ。遠いとはいえ、リチャードとは曾祖母方関係で血の繋がりがある。

バートンの顔つきや態度、特に、瞳の色にリチャードの面影を感じた。フランシスはもっと近い血縁者なのに外見があまり似ていないのを思えば、不思議なことだ。

妻であるシャルロットの生家シーモア男爵家はすでに断絶している。連絡の取れる縁戚関係者はいないので、彼女の側からは寄ってくる者も口を出そうという者もない。

シャルロットへの仕打ちを怒っていたリチャードが、伯父夫婦に大きな事業を勧め、すぐに手を引くという罠《わな》にはめてシーモア男爵家を潰した。伯父夫妻が今どうしているか、シャルロットは知らない。

始める前に、リチャードはシャルロットに了解を取っている。

『男爵家は潰してもいいかね？』

『あの家は中身のない箱だけです。男爵家も両親の代で終わりました。リチャード様のお好きなようにしてください』

かつて男爵家のものだった屋敷には、数年前からまったく関係のない別の者が住んでいる。

フランシスが〈シャルル〉を捜したとき、シーモア男爵家まで辿《たど》り着《つ》きながらその先を突き止められなかった原因にもなった。タイミングの問題は神の一手に似ている。

遺産を引き継げるほど近しい縁戚ではないのに、リチャードの遺産相続に文句を付けてくるのがカリィ一族だ。バートンは、そういった連中の代表でここへ来た――とシャルロットは考えたが、違うのだろうか。

「それで、どういったご用件でいらっしゃったのでしょう」

「お察しになっておられると思いますが、カリィ一族は公爵家の財産があなた一人のものになるのを良しとしていません。公爵家の存続に関しても、このまま断絶させるわけにはいかないと考える者が大多数です」

「そのようですね」

「シャルロット様は女公爵となるのを国王陛下に願い出られる気はない。そうですね？　では公爵位はどうされるおつもりですか」

「……考えねばなりません。養子をもらうとか」

リチャードはその件に関して何も言わなかった。弁護士が持ってきた遺書にも触れられていないので、彼女の裁量に任せられたのだと思う。

カリィ公爵家は存続させたい。自分が公爵になるつもりはないし、認められないのも分かっているから、養子を迎えようと考えている。けれど、良家からの養子でないと、国王から公爵位継続の宣下はもらえない。

シャルロットは、子供を生《な》したことのない十九歳の女性だ。たとえ山ほどの財産があり、公爵位を継げるという好条件でも、彼女が再婚をすればどうなるか分からないと誰もが考えるだろうから、高位の貴族家から養子を入れるには難しい状態だ。

その状況も踏まえているのか、バートンはあっさりと言った。

「私と結婚するというのはどうですか？　親は子爵家を継いでいます。私は次男で、年齢は二十五歳です。あなた様に釣合うだろうと、一族の中から私に白羽の矢が立ちました。私が継いでカリィ公爵家を存続させてゆく。そしてあなたとの子供がそのあとを継ぐ。実際、そうやって百年以上も続いてきた家なのです」

驚きで真ん丸に見開かれた金褐色の瞳がバートンを捉える。未亡人になってまだ一年にもならないのに、結婚を申し込んでくる者がいるとは。これが驚きでなくてなんだろう。

「バートンさんは、わたしにとって義理の親戚のさらに孫ということですよね」

「そうです。血の繋がりはないし、世間的に見ても許される相手でしょう。ご存知《ぞんじ》だと思いますが、貴族の婚姻は家の事情で考慮されるものです」

「……でも、わたしは」

「フランシス殿下との関係は知っています。ですが、長く続けられる繋がりではない」

正面切って指摘されたのは初めてだ。

「そ、その通りですが、逢ったばかりの相手と結婚するなど、考えられません」

「公爵様とご結婚されたときも、屋敷へ来て初めてお逢いされたのではありませんか？」

う……と詰まる。

黙ってしまったシャルロットに、バートンはゆるりと微笑みかける。大きな猫があくびをしたような感じだったので、思わず彼女も微笑《ほほえ》んだ。つられたと気づくと、慌てて背を正す。するとバートンは、今度は大きく笑った。

「若いうえに、可愛らしい方で私は嬉《うれ》しいです。急な話で驚かれたでしょうね。返事は急ぎません。ただお願いが一つあるのです。こちらの屋敷にしばらく滞在しても構わないでしょうか。すぐに戻っては、一族の者に締め上げられてしまいます」

困った顔をされるとまた笑えてきて困った。

悪い人ではないと感じた。簡単に信じてはいけないと自分に言い聞かせながらも、リチャードの遠縁ならここですっぱり断って追い出してしまうのも躊躇われる。

「部屋を用意いたしましょう。しばらくのご滞在ということで」

「ありがとうございます」

ほっとした顔をするバートンの方こそ可愛らしい。こういう人物を寄越したカリィ一族は、やはり油断できない古だぬきが揃《そろ》っていそうだ。

シャルロットは立ち上がり、サロンの扉を開いて外で待機していた侍従に執事を呼ぶよう言いつける。やって来た執事に、バートンがしばらく滞在することを伝えた。

そして、小声で付け加える。

「彼が本当にリチャード様の遠縁の子息であるかどうか、調べてちょうだい」

「かしこまりました」

この屋敷へシャルロットが初めて来たときは、十六歳だった。今は十九歳のカリィ夫人だ。少しくらいは、強《したた》かに動けるようになっているだろうか。この家も、この家で働く者たちも、守りたい。リチャードの望みである図書室の存続もきちんとやりたいと願う。

夜になると、いつものように先触れが来てフランシスが訪れる。シャルロットは、晩餐の間で彼にバートンを紹介した。

「遠戚の者です。バートン・ディ・カリィさん。こちらはフランシス王太子殿下です」

「フランシス殿下、初めまして。お逢いできて光栄です」

「バートン？　カリィ子爵家のバートンか。聞いたことがある。前線で睨みをきかせていた大尉だろう？　退役したのを惜しがる人間は多かったようだな。私も会えて嬉しく思う」

二人はかっちりと握手をした。

大尉ということは、軍人だったのかと驚きはしたものの、予想の範囲内だった。訓練された動きだと感じた。きっとすごく強い男なのだ。

この屋敷の晩餐で、リチャードが亡くなってから、フランシス以外の誰かと同席するのは初めてだ。

バートンはフランシスより三歳年上になる。どちらもとても落ち着いて話をしていた。

(……フランシス様。ご友人たちと話されるようにはならないのね)

昔と今では違って当然かもしれない。第三王子と王太子の立場の違いは大きい。第一、バートンはフランシスの友人ではない。

フランシスが大学のころどれほど楽しそうだったか、どれほど屈託なく笑っていたかを知っているから、今との違いを感じるだけのことだ。

それだけのこと……と思いつつもシャルロットは気になった。

(フランシス様は、ご無理をされているかもしれない……)

差し出された王位を辞退すれば、第二王子サミエルがなる。それを考えて、フランシスは自分で王太子になることを選んだはずだ。次期国王たらんと己を抑制するのも、こうした方がいいと考えた自分の選択による。

どれほど気になっても、シャルロットが口を挟める余地はない。

バートンは王太子に対しての礼儀は十分心得ていて、お酒が入っても態度に乱れはなかった。

フランシスも、いつもの穏やかさを少しも崩さないから、会話は一定口調で流れる。

シャルロットは聞き役に徹した。

最後のデザートとお茶で晩餐は終了だ。それぞれ席を立って晩餐の間を出てゆく。

廊下の曲がり角で解散となる。執事が用意したバートンの客間は貴賓室に次ぐ上部屋で、シャルロットの私室領域の反対側だ。バートンは礼儀正しく挨拶を口にする。

「王太子殿下、シャルロット様、私はこれで休ませていただきます」

フランシスもにこやかに返した。

「私たちも、もう休むことにするよ。おやすみバートン。叔母上、行きましょうか」

一括《ひとくく》りにされたことや、目の前に差し出された彼の手を見つめて、シャルロットは頬を染め上げる。けれど、この手を取らないという選択はない。上げられたフランシスの掌に彼女は左手を載せる。指が曲がりぎゅっと握られて、頬がますます上気した。

歩き出すフランシスと共に一歩を踏み出す。シャルロットはバートンへ笑顔を向けた。

「おやすみなさい、バートンさん」

バートンはゆっくり頭を下げる。こういった場面に遭遇しても微動だにしないのは、貴族だからというより軍人だからだろう。

彼が見送る中で、黒いドレスのシャルロットと王太子の外出着を纏ったフランシスは並んでその場を去る。行き先はシャルロットの居間であり、そこから続く先にある寝室だ。


寝室に入った途端、フランシスは彼女を後ろから抱きしめてきた。耳元に寄せられた唇が、不穏な響きを載せて息を吐きだす。

「バートンは何をしにきた？　カリィ子爵家の領地は王都からずいぶん離れていたはずだ。わざわざそこからやって来たのは、理由があるのだろう？」

「弔問《ちょうもん》ではないかと」

「一族の代表が葬儀に来ていた。あなたにはまともに挨拶もしなかっただろう？　それが今頃になってなぜ」

「……」

「結婚しようとでも言われた？」

心臓がドキリと鼓動を打つ。それに合わせて背中が揺れた。背中から彼女を抱きしめているフランシスには、それで分かったに違いない。もう聞いてこない。

彼は両手でシャルロットの躰《からだ》をくるりと振り返らせたかと思うと、激しく口づけてきた。

「ん……、んぅ……」

首の後ろを強く掴まれながら、彼の舌で口内を弄られる。

舌を絡まされて引っ張られる感触は奇妙なほど下肢に響いて、ドレスの裳裾で隠れている両膝をするすると擦り合わせてしまった。躰の奥が濡れ始めている。

フランシスはキスが上手い。〈少年が好き〉のはずが、こういうことを一体誰とやってきたのだろうか。

大学都市にいるとき、フランシスは町で働く女性たちにかなりもてたと、彼の友人の一人が言っていた。〈フランシスのお遊び〉は、シャルルと付き合うようになってからは鳴りを潜めたとも聞いた。

やはり〈少年が好き〉は〈シャルル〉からなのだ。つまりはシャルロットの責任。

合わせた唇が浮くと、銀色の唾液の線が二つの口元を繋ぐ。

「シャル……。バートンに、なんと答えた？」

細く目を開ける。激しい口づけで潤んだ彼女の両目に、恐ろしいような顔で微笑むフランシスが映る。

「答えは、……保留です」

うっかり答えてしまったが、この返事で求婚されたのを認めることになった。フランシスはさらに笑みを深くする。

妖しげで綺麗で暗闇まで引き寄せそうな笑みは、いかにフランシスでも、少し怖い。

「保留、ね。プロポーズを受ける余地はあるのか――」

青緑の瞳の奥にちろりと揺れたのは、怒りの炎なのだろうか。それとも。

――嫉妬……？　まさか。だって、指向を修正するのに、わたしの協力が必要だっていう、それだけのことだもの。……それだけの関係、でしょう？

混乱する思考を抱えながら、シャルロットはフランシスの乱暴な手によってドレスを脱がされていく。髪留めも抜かれて床に落とされ、絨毯《じゅうたん》の上で微《かす》かな音を立てた。

金褐色の髪がふわりと広がる背中にはすでにドレスもコルセットもなく、糸が滑る感触に裸でいるのを深く実感する。

シャルロットを裸にして眺めるときになっても、彼自身は服を脱がない。上着だけは椅子の背に掛けたりするが、首元を緩めたシャツとズボンはそのままでシャルロットを翻弄し始めるのが常だ。

フランシスが素肌を晒《さら》すのは、ベッドへ上がって挿入の直前くらいだろうか。

彼女は、初めのころは羞恥と快感に溺れるばかりだった。繋《つな》がっていた男根が萎えて外へ出てゆき、強く抱きしめられていた腕を解かれるとすぐに眠ってしまう。

ところが、このごろはフランシスに合わせて肉体が熟してきたように思う。

口づけだけで躰はたっぷり刺激される。立っていても、無意識に膝を擦り合わせるほど、痺れに似た快感が走り、甘い予感で脳裏が蕩けてくる。

フランシスは綺麗《きれい》な微笑を浮かべるから彼女の様子を察知したとすぐに分かる。どうしようもなく恥ずかしい。今もそうだ。

口づけながら抱き上げられてベッドへ連れられていった。

ベッドの上に仰向《あおむ》けに寝かせられる。上から見ているフランシスの熱視線に焼かれてしまいそうだ。寝室の明かりは落としてあるのに、どうしてこれほど視線を感じてしまうのか。

ベッドへ上がってきたフランシスは、シャルロットに覆い被さり、掌で肌を撫でまわす。それだけで素肌は熱くなった。彼の唇で胸の尖りを嬲《なぶ》られれば、熱い吐息と嬌声で応えてしまう。

肉体は慣れてゆくばかりだ。

「う……んぅ……あ、……あっ」

下肢へ向かったフランシスの手の指で花芽を愛撫《あいぶ》されると、快感がきついくらいに膨らむ。

「敏感で……いいな。よく濡れるし。自分で分かる？　こんなに溢《あふ》れている」

「あぁ……ん――……フ、ラン……」

「気持ち好いんだろう？　さぁ、言って、シャル」

指は意地悪く陰核を責め、肉に隠れた根までも愛撫した。

「い、いい……ん、きつい、フランっ」

「きつい？　気持ちがよすぎるってことかな？」

「あぁあぁ、ア――……」

陰核を親指で嬲られながら、他の指が淫裂を割って深くへ潜ると、途端に快楽は広がり、身体全体が揺れてしまう。そして達する。

ベッドの上なのはいい。ぐんっと伸び上がり背を反らしてびくびくと震える肢体を、ベッドマットが支えてくれる。

彼は上からそんな彼女をいつも見ている。舐《な》めるように見ている。

「ん……あ、……あん……」

ひんひくんと痙攣《けいれん》が収まらない肉体に対してさえも、フランシスは手を緩めることはない。

膝を曲げさせ大きく広げたシャルロットの足の間に身を置いたフランシスは、上体を倒して彼女の陰部をじっくりながめたあとは、そこにキスをしてくる。

手で愛され、唇でも扱《しご》かれた。そして舌で転がされる淫芽は、彼女の知らない膨らみを見せるそうだ。

「赤く膨らんでいる。……気持ち好《い》いんだろう？　言わないと。やめてしまうよ」

「あ、だめ、好いの。だから……あぁ、やめないで。あん……っ、あぁ、あ……っ」

首を振って、枕の上に乱れた髪を広げる。両手を躰の両側に落としてリネンを掴《つか》んで耐えようとしても、声はひっきりなしに漏れて出た。愛撫を求める言葉まで出てしまう。はしたないから我慢したいのに。

「あなたが達《い》くのを見るのは、気分がいい。……責めがいがあるよ」

女陰に対する指技も舌技も巧みで、シャルロットはすぐにまた追い上げられてしまう。

「あああ、あぁ――……っ、ひぁ――……う、ん――フ、ラン……っ」

躰をびくびくと戦かせながら達する。その間もフランシスの情欲はとまらない。彼女を指で深く突き上げていた。

彼の陰茎を隘路に突きたてられるころには、フランシスの手首まで濡らすほど蜜は溢れ、膣肉は喜んで受け入れるようになっていた。

ぐいと挿入される雄に、内部の襞《ひだ》は喜んで絡まる。

「は、ああ、あ、あぁ……っ、大き……っ、フ、ラ、……ンっ」

「締まる……、どうしてこんなに、好い躰なんだ……っ」

「知らな、い……あぁぁ——そこ、はいやぁ……」

蜜路の内側、子宮口の手前に不思議な処がある。自分の胎内なのに、その存在を知らなかった。知らしめたのは、彼女を何度も抱いてきたフランシスだ。

いやだと訴えるのは、〈そこ〉が、擦るという刺激だけであまりにも己を乱れさせてしまう場所だからだ。

フランシスはそこを指でも確かめていて、クルミ大のしこった場所だと言っていた。

何度も刺激されると、快感で我を忘れてしまう。快楽と欲望に狂った姿を晒してしまう。どれほど見苦しいさまを彼に見せているのか、あとからでは思い出せない。だからいやなのに。

「いや？　許すわけがない。私を呑み込んで離さないのは、あなただろうに」

ぐっと挿入されて、すりすりと引いてゆく雄芯の傘が、その場所をひっかけるようにすると悦楽に塗れる。

内側からこみ上げてくるのは熱だろうか。悦楽と呼ぶだけでは済まないほどの快感。掴めそうでするりと逃げてゆく。

「あ、あ、あーん、くる……っ、いやっ、こんなのは――……あー、あー……」

押し寄せる熱は、躰も意識も何もかも攫ってゆく。

ぐんっと伸びて硬直したようになった。どきどきと鼓動を打つ心臓が破裂しそう。

白い海に呑まれてもうだめだと思いながら、浮遊感が喪失して堕《お》ちてゆく。

「アァ――……」

「まだだよ」

耳は声を拾う。このフランシスは、あの妖しい笑みを浮かべているのだろう。

シャルロットを頭の先からバリバリと食ってしまう魔物と間違えてしまいそうな美しい笑みを、きっと口元に載せている。


翌日の昼近くに、フランシスは王宮へ戻ることになっていた。昼食会があるので、屋敷で食事は取れないと、先触れの時点で伝えられている。

関係ができた最初のころは、翌日の朝、あるいは昼に、シャルロットは腰がふらついたり眠っていたりと起き上れず、ベッドの中から寝室を出てゆく彼の背中を見送っていた。

激しい愛撫を受け止められるようになると、それではいけないと思い立った。

フランシスが屋敷を出る時間を先に聞いておいて、侍女たちにドレスの用意をしてもらう。

そして、――ここが重要なのだが――彼よりも早くベッドを出るようにする。

軽く湯に浸かってドレスを纏《まと》うころには、フランシスも用意を整えているといった具合だ。ある程度習慣化してくれば、彼が屋敷を出るタイミングで見送ることもできるようになった。もちろん、どうしようもなく無理なときもあるが。

その日もなんとか起き上って彼を見送ることができる。たわいもないことが嬉しい。

玄関扉が開けられる。執事と一緒に昼間のドレスを纏ったシャルロットが、先に立って歩くフランシスのあとをついて扉から外へ出る。たたきから数段下がった正面に待っているのは、昨夜彼が乗ってきた王宮の馬車だ。

外階段を下りる前に、フランシスは振り返った。ブロンドが綺麗に流れる。

「……バートンと午餐《ごさん》を取ることになるのだろう？　お茶の時間も一緒に過ごすのか。私もこの屋敷で暮らしたくなってしまうな」

シャルロットは目を丸くした。

（なぜそんなことを。だって、〈少年を好む〉のを修正するための関係でしょう？）

最初のきっかけを忘れてはならないといつも自分に言い聞かせている。それ故に、真実を見落としていたとしても、彼女自身は気づかない。

どう答えていいのか分からなかったシャルロットは、小首を傾げて言う。

「フランシス様には王太子としてのお仕事がありますよね。わたしも、昼間は予定があることが多いですし、バートンさんもそれほど暇だとは思いません。せっかく王都へいらっしゃっているのですから、あちらこちらへ行かれるのではないでしょうか」

「……そうだったな。思わず……。また来る」

「行ってらっしゃいませ。──あ」

思わずリチャードが出かけるときと同じに言ってしまった。すぐに訂正する。

「いえ。またのお越しをお待ちしております」

シャルロットは真っ赤になった顔を隠すためにも、スカートを摘まみ軽く腰を折る。

だから残念なことに、大学時代のような素晴らしく綺麗な笑みをたたえて笑ったフランシスの顔は見られなかった。

彼は馬車に乗り込み、王宮へ戻ってゆく。屋敷前のロータリーを回り、正門へ向かう馬車が視界から消えるまで、シャルロットはその場で立って見送った。

するりと頬を撫《な》でて流れてゆくのは秋の風だ。屋敷の中へ入る前に空を見上げる。雲一つない晴れ渡った青い空が随分高く感じられた。

（……もうすぐ、冬になるわね……）

いずれ雪も降る。

ふいっと踵《きびす》を返して、執事が開けておいてくれた扉から玄関ホールへ入れば、奥の方からバートンがやって来るのに出くわす。

早足でシャルロットの前まできた彼と朝の挨拶を交わす。貴族は昼になっていても、その日最初に顔を合わせれば朝の挨拶をするので、そのようにした。

「おはようございます。バートンさん」

「あ、おはようございます。殿下はもう王宮へ出られてしまったのですか。見送り損なってしまいました」

「昨日は遠くから長時間かけていらっしゃったのでしょう？　お疲れだったのは分かっています。殿下も、お分かりだと思います」

笑って言えば、バートンは大きな身体を縮こまるようにして恐縮した。

（やっぱり、大きな猫のよう……）

戦場にも出たことのある大尉なら猛獣の方が合うだろうが、そうは見えないから油断してしまいそうだ。バートンの背後にカリィ一族がいると分かっていても、ふと魅かれる。バートンはそういう人物だった。

「今日は屋敷の中をご案内しますね。その前に午餐《ごさん》をいただきましょうか」

シャルロットがこの屋敷へやって来たとき、リチャードは彼女に食事を出し、屋敷の中を案内してくれた。今度は彼女がそれをする。

食事をしてから、屋敷の中を案内してゆく。執事が《私がいたしましょうか》言ってくれたが、バートンがどういう人なのかもっとよく知るためにも、話がしたいと伝えた。

図書室にはさすがに驚いたようだ。閲覧場所に並んで立って、高い天井を見上げる。

「リチャード様が大切にされた場所です。屋敷のどこよりも、何よりも大事な場所だそうです。莫大《ばくだい》な財産を遺《のこ》すから、維持してほしいと言われました。そうするつもりでいます」

「財産をそのためだけに？」

「他にも考えていることはありますが、まだ漠然としていますね。ですが、リチャード様の望みが最優先です」

「シャルロット様にとって、公爵様は本当に大切な方だったのですね」

当たり前のことをまじめな顔で言われたので、シャルロットはくすくすと笑う。

「夫ですもの。それ以上に、家族でしたから。両親も兄弟もいないわたしのたった一人の家族です。大切なのは当たり前でしょう？」

「――そうですね」

バートンは天上へ向けていた視線をゆっくり下ろして、シャルロットの顔を見つめる。意味ありげな視線は困る。シャルロットは、彼の視線を外して動き始めた。

「では次へ行きましょう。庭に温室もあります」

返事を待たず、てくてくと歩く。後ろからバートンが慌てたふうで追ってくる。

（……こういう人が、〈憎めない人〉なのよね。大学にもいたわ。見掛けは怖そうなのにギャップが面白いと一人でうんうんと納得した。

大学でたくさんの男性を間近で見たのは、自分にとって一つの財産になっている。彼女は貴族の令嬢にはあり得ない経験を持っていた。

生活の中に新たな人が入ってくると、毎日のリズムが変わってくる。

外出予定は今まで通りでも、屋敷にいるときの午餐やお茶の時間は、バートンと共に過ごすことが多くなった。

バートン自身も、退官した後始末のために王宮へ出仕したりもするし、王都に住むカリィ一族関係者に挨拶に出たりするので、それほど頻繁に一緒にいるわけではない。

けれど、フランシスはバートンの動向をひどく気にする。

『いい加減、あいつを叩き出せ』

『すぐにはできません。カリィ家の遠縁の方かどうかを調査しましたが、嘘《うそ》ではありませんでした。悪い方でもないように思います』

『シャルはバートンを友人のように考えているかもしれないが、向こうは違う。最初のときに求婚されているだろうに』

『それは、貴族家の裏事情によるものでしかないのですから』

友人とは言えないが、愛しているとか好きとかの感情が混ざることはない。

『バートンのあなたを見る視線が、日々変わってきているのを気付かないのか？　本当にあなたは、男女の機微に疎いな。私の気持ちも――』

『気持ちも？　何ですか？　フランシス様にはお世話になっていますから、ご意見を軽々しく扱うつもりはありません。でも、縁が遠いとはいえ、バートンさんはリチャード様の血縁者なのです。最初からしばらくの滞在という約束ですし、叩き出すなんてことはしたくありませんが。……だめでしょうか』

『いや。あなたが決めたことを私がだめと言うわけにはいかない』

それならなぜ、とバートンの件ではフランシスと言い争いになることもあった。

フランシスの希望を叶《かな》えるなら、この屋敷は現在シャルロットのものだから、バートンに屋敷を去るよう言うだけで済む。その場合カリィ一族とは完全に断絶するだろう。

バートンと一緒にいる時間を少なくするのも簡単だ。シャルロットが用事を作って席を外せばいい。

けれど、バートンが振ってくる話題は、王宮とフランシスのことが多いのでつい聞きたくなってしまうのだ。

カリィ一族内の横繋がりから耳に入れてくる話とか、彼が挨拶に行った貴族家で聞いたとか、シャルロットには伝わらないことを教えてくれる。

養子を迎えたいなら、彼女も王宮の社交界へ出なくてはならない。

フランシスはあまり王宮内のことを教えてくれないから、バートンが小耳にはさんだ話などは聞いておきたかった。

その日の午餐でも、バートンから出てきたのはフランシスのことだ。

「王宮内は、かなりぎすぎすしているようです。第二王子のサミエル王子派が、国王陛下に日夜、王太子ご指名の変更を言上しているとか」

「フランシス様が王太子殿下でいらっしゃるのは、貴族院にも通った決定事項ですのに、変わることなどあり得るのですか？」

「王権が強い国ですから、国王陛下のお心替わり一つで覆る可能性はあります。陛下も簡単には決定を翻されることはないでしょうが、今までとは違った状況なり問題なりが出ると、かなり拙いことになります。相手は手段を選ばないですし」

「……そういえば以前、《先の王太子である長兄殿下をフランシス様が暗殺した》という悪質なデマをばらまかれたとも聞きました」

長兄の前王太子が急逝したとき、フランシスは大学にいた。あり得ない。しかしそれは、シャルロットがフランシスの人となりを知っているからこそ思えるだけで、離れた場所にいても人を使えば可能だと考える者が、王宮にはたくさんいるらしい。

「その噂は、生前のカリィ公爵様が、サミエル殿下の方が可能性が高いだろうと満座の中で笑われて収めたようですよ。先の王太子殿下が亡くなられたときには、王冠は、第二王子に渡されるはずでしたから」

リチャードの鮮やかな手腕にいまさらながら感服する。

意図的なのか偶然なのかは分からないが、バートンはシャルロットが聞きたいと思うことを話してくれる。

「フランシス殿下ご自身の暗殺も、何度が画策されているようです。犯人を捕まえても、誰の手先なのか分からず、元凶を捕えられない。……予想はつきますが、予想だけでは決着を付けられない相手なのでしょうね」

サミエル、あるいはサミエル派の高位の貴族だろうと予想を立てても、はっきりとした証拠がない限り捕えるのは無理だ。それは分かる。

元を排除できないから暗殺の企ても終わらない。

「フランシス殿下は、王宮では緊張を緩められない。だからこちらへ来られる。シャルロット様に逢《あ》われて、身も心もゆったり休まれたいのでしょう」

「……どうでしょうか。わたしには分かりません……」

秘密にしなくてはならない事情があってフランシスはこの屋敷へ来ている。少年の〈シャルル〉が好きという、王太子としては誰にも話せない事情だ。

バートンの言葉の中には、看破できない心配ごとがあった。

「王宮内で暗殺……。近衛兵たちもいるでしょうに」

「王位継承争いは、いつの時代にもありますよ。王宮における勢力闘争です。敗けたら浮き上がる芽はない。誰も彼も必死ですから、何でもありです」

壁際に給仕が並ぶ午餐の間で話すには不穏な内容だ。しかしシャルロットは話をやめるつもりはない。

フランシスは、自分の状況をできる限り彼女に知らせないようにしている。それでもふとした拍子に外に出てしまうときもあった。例えばベッドの中で。

ほんの二、三日前のことだ。

すぐにドレスを脱がされ一糸まとわぬ姿にされてしまうシャルロットに比べて、フランシスはシャツとズボンを身に付けたまま挿入になることが多い。

いつも気になっていたが何も言わずにやり過ごしていたのに、その夜は、煌びやかな王太子の服が目の端を掠めたので、喘ぎながらも口を突いて出てしまった。

『いつも、フランは服を着たままだわ、どうして……わたしばっかり、恥ずかしい……』

『──すまない。いついかなることが起きてもいいようにと、考えているからなんだ』

『何か起こるの？』

『襲撃とか、火を放たれるとか……あなたを抱えて外へ出ることもあるかもしれない。私くらいは服を着ていた方が、対処しやすいだろう？』

弄られて熱いと感じていた肌が、さぁっと冷えた。

『そんなことが、日常的にあるのですか？　王宮で？　そんなに危険な状態なの？』

べる。

『気にするな。自分で対処できる範囲内だ。今はそんなことより――』

フランシスは疲れているようにも見えた。シャルロットは一生懸命息を整えて、笑みを浮かべる。

『わたしは、逃げるなら自分の足で走ります。リネンを剥いで被るわ。だからフラン。あなたは自分の身を守ることを第一に考えて、――お願い』

上から彼女を凝視したフランシスは、ゆっくり破顔した。

『あなたらしいな』

笑いながら呟く。

――やっぱり、根底にはあのころのフランシス様がいらっしゃる……。

腕を伸ばす。自分から抱きついた。

このやり取りは、自分の決意を口にしていたせいか、翌日にも覚えていた。

周囲には彼のために動く者もいるだろうが、本人の負担が増しているのは間違いない。

顔を曇らせるシャルロットに、バートンは慌てて付け加える。

「あの方なら、どんな陰謀も跳ね返してしまわれますよ。泰然自若として役目を果たされておられるようです。陛下の前で行われる御前会議でも、確かな声音でよどみなく話し、反対者の理論を打ち負かすとか」

わずかながらほっとして、シャルロットの唇に微笑が戻る。

自信に満ちた態度で悠々と議論をし、相手が具体的な手を出してくれば容赦なく拳を振るう。真正面から挑み、嘘偽りのない自分自身を前面に出して相手に対峙する。それが彼だ。

知っている——つもりだが、妖しい笑みがそれを隠してしまう。

動かない表情をして冷淡な物言いをするフランシス。自分の意にそぐわなくても、王宮では冷酷に物事を進めてゆくことも必要なのだろう。けれど、自分自身の根っこは失わないでいてほしい。それは、シャルロットのわがままな望みに過ぎないのかもしれないが。

目線をテーブルの上に据えたシャルロットは小声で言う。

「王権争いは、フランシス様が王位に就くまで終わらないのでしょうか」

「公爵様が亡くなられたことによる後ろ盾勢力の弱体は、しかるべきところの姫君とご婚約されることで補えます。この争いに決着を付けるもっとも手っ取り早い方法ですよ。ですが、ご本人が動かれない。花嫁候補の名は、たくさん上がっているらしいですが」

「花嫁候補?」

昼間の食事のデザートには、優しい色合いのシフォンケーキが出された。そこに刺したシャルロットのフォークがぴたりと止まる。

「そうです。勢力の後ろ盾となってフランシス殿下を支えきれば、将来は国王陛下ですから、家の興隆に直結します。名だたる家の姫君が名乗りを上げられていますよ」

早く婚約者を決めた方がいい。それはシャルロットも思う。しかし、具体的に相手がいると聞くと、自分でも不可思議なほどの衝撃を受けた。

「シャルロット様？」

「はい？　あ、いえ。美味《おい》しいですね。中に栗が入っています。秋らしいわ」

自分の目で見て分かるほど手先が震えている。なぜ？

「あぁ、本当だ。美味《うま》いですよ」

にこやかに返されてほっとした。

午餐の間から出るときにバートンは言う。

「お茶の時間は温室でいかがですか？　図書室も素晴らしいですが、王都であれほどの温室を持つ屋敷は、王宮以外ではこちらだけでしょう。そうだ。散歩がてら、いまからでも」

「そうですね」

用事があるからと断わってもよかったのに、どこかうわの空で了解してしまった。

中庭にある温室は、細長い半円の筒のような形をしている。中心は丸く膨らんだお茶席になっていて休める仕様だ。外から内側を眺められるとはいえ、様々な植物があって明確に判別するのはかなり近づいてからでないと難しい。

お茶席で、木で出来た二つのベンチに座り、丸いテーブルを間に向かい合う。

午餐のときよりも饒舌になりながら、シャルロットは温室の説明をしていた。

「こちらは観賞用が多いのです。薬草などは、別の温室で育てられています。喉が痛いときは、ご医師に診ていただく前に自分で摘みに行ってしまいますね。ご医師に、自己判断をしてはなりませんと怒られてしまいました」

「ご自分で摘まれるのですか。似たような種類が多いのに見分けられるなら、シャルロット様の薬草知識はなかなか大したものですよ」

「知識というより、以前たまたまそういう話を聞いただけです。知り合いの方が花壇で育てていらして、実物も見たことがありましたから……」

「どこで？」

「だいが……じゃなくて、あの、生家のシーモア男爵家で」

思わず大学のことを口に載せるところだった。

考えてみれば、政治や経済についてなら大学で積極的に学んだので、バートンとの会話の中でも普通の流れで話題に出していた。

化学の実験については、フランシスと面白おかしく話したのを話題に……。

(悟られる危険ラインをうろついたかもしれない)

バートンは話を誘導するのが巧い。大学で見た軍関係の資料からすると、もしかしたら、誘導尋問に近いかもしれない。

気を付けなくてはいけない。大学へ行ったことがあるなどと知れたら、どうやってとか、一体いつとか、さらなる疑問を持たれてしまうに違いない。

シャルロットはごまかすように笑ってカップとソーサーを手に取った。バートンは、案の定、疑問符を漂わせた視線でじっと彼女を見ている。

「シャルロット様はとても不思議な女性だ。政治や経済の話をしても的確な返答をされるし、化学の実験のことまでご存知だ。どこでそういう知識を得られたのですか」

「……リチャード様が教えてくださったのです」

「化学の実験を、ですか。公爵様は、どういうお考えでそういったことを奥方様に教えられたのでしょうね。社交界では必要のない知識です」

「どうしてでしょう。わたしには分からないことです。リチャード様にお聞きするしかありません。小賢しい話をしてしまいました。どうぞお忘れください。では、これで失礼いたします。晩餐《ばんさん》でまたお逢いしましょう」

テーブルの上に軽く手を載せてすっと立ち上がったシャルロットは、バートンに背を向けて離れようとした。が、それは叶わなかった。

テーブルに置いた手が、上から押さえられている。ぎくりとした。

「バートンさん。何かありましたか?」

何事もない顔をして振り返る。

シャルロットの手は、バートンの大きな掌で包まれてテーブルから離された。スカートの裳裾を握っていた手も取られて、胸のあたりまで上げられる。両手の指先が触れ合った。

向き合ったバートンは、彼の両手で彼女の手を握り、上方から見ている。彼の視線も表情も真剣そのものだ。

温室の中は少しも寒くないのに、シャルロットはふるっと背中を震わせる。フランシスのまなざしと似ていた。――男の眼だ。

「放してください」

「もう一度求婚させてください。ここへ来たときは、一族の要望によって、義務として申し込みをしたのです。ですが、今は違う。あなた様をお慕いしております。小鹿のように清冽《せいれつ》で美しく、ぴりっと風味の利いたシャルロット様。どうぞ、私と結婚してください」

「わたし、……わたしはだめです」

「フランシス殿下のことは諦めるしかありません。国王の愛人などあなた様には似合わない。私と一緒にこの屋敷やあの図書室を守ってゆきましょう。ずっと」

「愛人？　違います。諦めるというのは、何を？　わたしは、役目を終えたらあの方から離れるつもりでいます。ずっとお傍にいようなんて、最初から考えていません」

「気が付いておられないのか？　フランシス殿下のことがお好きなのでしょう？　だから肉体関係がある。殿下のご結婚の話をしたとき苦しい顔をされた。あなた様は愛しておられるのだ、フランシス殿下を」

唇が震える。目は見開かれて、みるみる涙が溜《た》まった。

「好き……？　愛している？　わたしがフランを。……そんなはずはないわ。だって、叔母と甥《おい》ですもの。だって王太子殿下なんだもの。結ばれてはいけないのよ。知っているわ。それに、理由があるから関係ができたんだもの。わたしがいくら好きになっても——」

溜まった滴がぽろぽろと頬を流れる。あとからあとから零れる。

フランシスの花嫁は正式な場で彼の横に立てる者がなるだろう。微笑《ほほえ》み合って共に人生を歩める姫君が妻となるのだ。

いつか、妻を娶《めと》って傍から居なくなってしまう人。どれほど好きになっても、同じ気持ちは返ってこない人。シャルロットは彼に何でもすると言った。だからこういう関係ができた。それだけのこと。

苦しい。胸が詰まって苦しい。目の前が唐突に開けてゆく。

——好き。フランシス様。ずっと好きだった。

バートンの言う通りだ。現実に浮上してきた〈花嫁候補〉が、彼女に己の真実を見せる。

「シャルロット様……」

バートンは身を屈め彼女の指先に唇を付けた。軽い接触は、貴婦人に対する敬愛のキスに酷似していて、礼儀の範疇にぎりぎり入る感じだ。

愛を乞い迫られれば、余計にフランシスに対する思いが募る。いつの間にこれほど気持ちを膨らませていたのだろう。

気持ちが分からなかったのは、分からないようにしていたからだ。自分の想いが届くことはないから、無意識にも自覚するのを止めていた。

（わたしは、フランシス様でなくてはだめだ――）

バートンは悪い人ではない。けれど、男性として愛することはできない。

はっきりしていたからはっきりと答える。

「いくら貴族家のためでも、愛していない方との結婚は、わたしには無理です」

「……近くにいればいるほど、あなたを好きになる。想いが我慢の限界を越えたら、そのときこそ生死をかけても決断を迫ります。あなたがフランシス様と正式に結ばれることはない。だから、私はまだ待てるんだ」

涙が零れる。バートンは、彼女の両手を握りながらも、すっと離れた。

「どうしてもきちんと求婚したかったのです。返事は次の機会にして、もう一度保留にさせてください。希望を持たせてほしい。シャルロット」

「バートンさん。お断りするしかありません」

「男性社会の中でこれだけの屋敷と財産を守るには、夫が必要です。公爵位の存続も、私との結婚があれば維持しやすい。どうぞよく考えてください」

リチャードが望んだ図書室の存続も、公爵家の継続も、確かにバートンの求婚を受け入れれば彼女一人でやって行くよりよほど確実だろう。

かといってできないことはできないのだった。

「ごめんなさい」

バートンの顔を見られず、シャルロットは下を向いて目を閉じる。

「何をしているっ！」

ぎくんっと身体が強張《こわば》った。聞きなれた声だ。すぐに誰であるか分かる。振り返る前に脳裏で姿を描けるほど、フランシスの煌《きら》めく姿は心の中に息衝いていた。

シャルロットは急いで手の甲で目元を拭うが、それだけでは赤くなった眼はどうしようもない。濡れた頬もそのままだ。

フランシスは、温室の入り口から入ってきて、円形になっているお茶席へ向かって歩いてくる。こういうときでも優美な足取りだった。

「叔母上に何をした」

怒りも顕《あら》わにバートンへ詰め寄る。シャルロットは慌てた。

「何も！　何もありません。お話をしていただけです！」

シャルロットはバートンのためというより、フランシスのために大きく声を出す。

——公《おおやけ》に出るような問題が起きたら、悪材料にされかねない。

フランシスにしてみれば、バートンを庇《かば》ったとしか見えない——というのは、彼女の頭の中には浮かばなかった。

ふっと息を吐いたバートンがフランシスに向かって慇懃に礼をする。

「お怒りになられるようなことをしていたとお考えのようですが、割って入るなら、止めるだけの立ち位置が必要だと思われませんか？　私は求婚していました。私にはそれができますし、シャルロット様が受けられたとしても、殿下に止める権利はない。違いますか？」

「――乱暴を働いていたのではないのか？　泣いておられたと思うが」

「そのようなことはしません。シャルロット様も否定されているではありませんか」

ぐっと唇を噛《か》んだフランシスが珍しく苦渋の表情をした。見ていられない。

一歩前に出て、シャルロットはこの場の決着を付けるために言う。

「フランシス様。バートンさんに、お返事はもういたしました。バートンさん。近日中に屋敷を出て、どうぞお帰りください」

「あなたが心配だ、シャルロット様。この屋敷を出ても近くにおります」

深々とお辞儀をしてから、バートンはその場から去った。

バートンの背を見送っているシャルロットの右肩がきつい力で握られた。横を見上げれば、表情の窺《うかが》えないフランシスと目が合う。彼は薄い唇に妖艶な微笑を浮かべていた。

「早く来て正解だったな。付き合ってほしい。あなたの寝室に」

どきんっと鼓動が鳴った。怖いようなフランシスは、このごろ声も言葉も恐ろしげになっている。

しかし、彼は、フランシスなのだ。好きでたまらない人。そしてこの世でたった一人、彼女が愛する男性。

「行きます。――あなたと一緒に」

手を引かれて歩き出す。シャルロットは、歩き出してすぐにフランシスが険しい表情になったのを、ちらりと見上げた視界の端で捉えた。

フランシスが珍しく怒りの形相をしていても、さらにはシャルロットが足を縺《もつ》れさせながら廊下を引っ張られていても、屋敷の者たちは壁際へ下がって彼女たちが通り過ぎる間、頭を下げるだけだ。二人の関係はこの屋敷では当たり前のものになっている。

廊下から寝室へ入って、バタンと扉が閉まった。

「フランシス様、夕方にもなっていません。まだ昼間です」

「だから？　なんです？」

ベッド近くまでシャルロットを連れていったフランシスは、冷たい声音で返してくる。

季節の移り変わりを眺めたい彼女のために、肘掛けのない貴婦人用の椅子が窓近くにある。

フランシスは握っていた彼女の手を放し、すたすたとそこまで歩くと、座面の上にあった衣服を持った。ドレスではなく、男性用の上着とズボンのようだ。

「大学のころ、シャルルが着ていたものと同じような服があったので持って来ました。叔母上、着てみてくれませんか?」

呆然《ぼうぜん》としながら、彼が手に持つものを見る。色の濃い上着もチェック柄のズボンも、確かにあのころ着ていたものと似ている。

フランシスは彼女を貫くように見て、低い声音で言い放つ。

「あなたは、シャルルに似ています」

口元に笑みを浮かべながらも、青緑の瞳は少しも笑っていない。フランシスは、衣服を差し出しながら近づく。シャルロットが足を引けば、ベッドの横にドレスの裳裾《もすそ》が当たった。これ以上、下がれない。

震えるような腕を上げて、差し出された衣服を受け取る。

白いドレスシャツもある。細いリボンのような赤いタイまであった。けれど、肩幅や袖丈はともかく、少年用ではサイズ的に少し小さいのではないだろうか。

「これは、多分着られません。サイズが違います」

「試してみよう。シャル、ドレスを脱いで、裸になって、それを着て」

表に出ているときは〈叔母上〉と呼ぶ。閨《ねや》ごとに突入するときは〈シャル〉という愛称になる。〈シャルル〉に似た響きだからだろうか。それほどまで、フランシスは〈シャルル〉が好きなのか。

自分でありながら、自分を妬む気持ちが沸いてきそうで、シャルロットは唇を噛む。好きだと自覚した身では、きつい状況だ。

「手伝うよ。ドレスは一人では脱げないから」

伸ばされてくる手を見つめる。革の手袋をしていた雪の日の手と錯覚しそうだった。

――なんでもすると約束したわ。

決めると早い。震える手つきで腰のホックを外しに掛かると、フランシスが手助けする。あれよあれよという間に、ドレスも下着も脱がされた。ピンも引き抜かれて、髪が広がりながら裸の背中を滑る。〈シャルル〉と同じにしたいのなら、長い髪はいらないのではないかと思ったが、口にできるような状態ではない。

西に傾き始めている太陽の陽射しが窓から入ってきていた。明るい。その中で、裸でフランシスの前にいるのは、すごく恥ずかしい。

下肢の茂みを隠すのに一方の手を当て、色付いている乳首を隠すのにもう一方の手を使う。深く俯《うつむ》いて床を見ているから、真っ赤になっている彼女の顔は髪で隠されている。前に立っているフランシスが服を着たままなのが、より一層の羞恥を誘った。

「恥ずかしいです。フラン」

「だから、これを着てみて」

渡された白いドレスシャツの袖に腕を通す。

紳士が正装するときに着るシャツは、裾線の横側が丸く上がり、前と後ろが半円形に下がっている形だ。正絹のすべらかさや光沢が並のものではなく、一目で特注品と分かる。これは、王家の人たちが着るものではないだろうか。

尻肉と前側がかろうじて隠される長さなのは有りがたい。ただ、少年用なのでやはりサイズ的に無理があった——胸のところが特に。

胸部のボタンをかなり引っ張らないと嵌《はま》らない。ボタンで留めても乳房の大きさで両脇方向へ引っ張られ、前立てに鎖のような隙間ができている。覗《のぞ》いているのは白い肌だ。

〈シャルル〉でいたころは、もっと痩せていて背丈も今より小さかった。あのころ、冬用の厚手の下着を身に付けていても、ドレスシャツには余裕があったのだ。

いまは、少年用では胸の部分が無理だ。しかも薄絹の下着がないから、ぴんと張った布地に乳首の赤さが透けているうえに、そこだけ隆起している。突起が強調された状態だ。

あまりの淫らさに目に涙が浮かんだ。

フランシスは彼女をしみじみと眺めてから、両手を伸ばして肩を掴む。引き寄せられた。シャルロットは慌てて言う。

「ズボンをください。穿きますから……」

「これで十分だ。ズボンは腰は張ってもウエストが余るだろうし、上着もきっと胸だけがサイズ不足だろう。少年の服では無理なんだな。シャツだけで、これほど——これほど淫らな姿になってしまうなんて。想像以上だった。見ているだけで我慢ならなくなる」

怒った声だ。バートンのことは、結婚の申し込みは断わり、屋敷を出るよう告げたというのに、それだけではだめだったのだろうか。何をこれほど怒っているのだろう。

羞恥も高じる一方で、フランシスの顔を見られない。シャルロットはひたすら俯いて涙をこらえる。

ゆるく抱きしめられて頭上に唇が落ちた。顎に手が掛かり、くいっと顔を上げさせられて口づけられる。シャルロットの顎を左手で捉え、フランシスの右手は背中から臀部《でんぶ》へと肉体の線に添って下りてゆく。

薄いシャツ一枚の尻肉が大きな掌《てのひら》で撫でられた。臀部の下側は裸の下肢と脚だ。

「ぅ……っ、う……ん……」

眉を顰めて必死になって彼の舌技についてゆく。脳内が熱くなるほど攻められて、朦朧としてくるのを見計らったように、臀部を弄る彼の手の指がシャツの裾を掻い潜って脚の付け根の内側へ移動した。

ひとさし指が、背中側から足の間に入り込んでするりと狭間《はざま》を撫でる。

「んっ、んっ、ぅ……っ」

指が女陰を撫でると、キスをしていても呻《うめ》くような吐息が漏れてしまう。

顎を掴んでいた彼の手がシャルロットの胸元に移動した。シャツ布が引っ張られてぴんと張ったところに手が当てられ、乳房が揉まれ始めると、その感触でもシャルロットは追い上げられてゆく。

　不意に、すっと放されてシャルロットはふらりと傾《かし》いだ。

「……ん、なに……フラン？」

　彼女の手を引いたフランシスは、自分の上着を脱いでその辺りにぽいと放ってから、先ほどの貴婦人用の椅子に座る。座ってから自分のシャツの首元を緩めた。艶めかしい動作だ。

　椅子はドレスの裳裾を両側から広げられるように作られているので、肘掛け部分はない。

「私の上に、足を広げて座ってくれ」

　シャルロットの吐息は、口づけと尻肉への愛撫で早くなっていたが、その言葉で、う……っと一瞬息が上がって止まる。

「座る、のですか？　フランの膝の上に？」

「そうだよ、シャル。もっと淫らに喘がせたい。もっと啼かせてみたい。……何でもしてくれるんだろう？」

　泣きそうになりながらも、シャルロットは彼の望みに従う。約束があるからではない。はっきり自覚した自分の気持ちに殉じる。

　――好き。あなたが。

　上半身には、はちきれそうになったシャツを纏っている。下肢は何もない。脚を広げて座るということは、つまり女陰を自ら広げるようなものだ。

捕まるところがなくてバランスが悪いとみるや、フランシスは自分の両肩に彼女の手を導く。シャルロットは、フランシスの肩のところでシャツをぎゅっと握った。

顔が近い。まともに見られなくて下を向いていると、覗き込まれて聞かれる。

「寒い？」

ちらりと奥の壁を見やれば、暖炉に火が入っている。これはフランシスの指示なのだろう。服を持って来て、彼女を裸身にするために暖炉に火を入れさせた。こうして抱くために。

求められているのを感じる。それはまるで、〈シャルル〉の代わりではなく、シャルロット自身に対する欲望を募らせているかのようだ。

「もっと強く、私の肩に掴まって。あなたに触《さわ》るから。弄《いじ》りたいんだ、あなたを」

掠《かす》れた声がした。はっとして顔を上げると、今にも彼女に食いつきそうな真剣な表情のフランシスと目が合う。

――食べられてしまいそう……。

捕食者がすぐ目の前にいる感覚。怖い。けれど、彼になら食べられてしまってもいい。

フランシスの唇が首筋に落ちた。走り抜けた快感といきなりの動きに驚いて、びくんっと背が撓る。後ろへ倒れてしまわないように、彼の両肩部分のシャツを強く握った。

広げた脚の間に前側から手が差しこまれる。陰部が嬲《なぶ》られ始めた。

「あ、……フラン……あぁ……っ」

長い指が下から肉割れに深く入る。親指が陰核を捉えて、ぐりぐりと玩んだ。

「キスだけでこんなに濡れる。それとも、〈シャルル〉を意識したから？」

「や、……っ、あ、指が……っ、い、じわる、言わないで……ぇ」

「意地悪なのは、指？　言葉かな。呼んでもいいかい？　なぁ、シャルル……」

あのころのように呼ばれた。ぎくんっと躰《からだ》が強張る。首筋に落ちた唇で強く吸われた。この場所では、ドレスの首回りから見えてしまうかもしれない。

けれどいまさら止める気にはならない。フランシスの思いのままに。そして早く安全な状況になっていずれは国王に。それから……？

愛撫《あいぶ》の最中では深く考えられない。フランシスが彼女の耳元に唇を寄せて笑った。

「はち切れそうだな……。シャルは小柄なのに、こんなに胸は育っている……」

胸部のところの布を、フランシスが歯で噛んでひっぱると、ボタンが二つ、三つと飛んだ。乳房の下方のボタンは嵌《はま》ったままだからシャツの前側は全部肌蹴ず、首元から乳房までの部分がより広がっただけだ。淫らなことに乳首で布が引っかかっている。

「乳首が勃《た》っているね」

かぁぁ……と顔が真っ赤になった。感じると芯があるようになる——と教えられていた。淫らな姿で下肢を弄られて、感じていることを知られて。羞恥で涙が零れる。

「言わないで……恥ずかし……。フランが、こういうふうにしたのに」

「そう。私だ。私があなたの肉体を熟成させた。そのはずなのに——」

——なのに？　なんだろう。

胸の下側がボタンで止まったままのせいで、より深い谷になった乳房の真ん中に、フランシスは顔を埋めるようにした。

「シャルロット……、シャル……」

万感を込めて名を呼ばれる。どれほどの気持ちがそこに込められていたかは分からない。彼から聞いたのは、王家の風習云々と彼には指向の問題があるという二つだ。

フランシスは、乳房を舐め回して横に揺らした。するとシャツはさらに広がり、ついには乳首が外へ出る。すぐさまそこに唇が覆い被さり、舌で小塔を転がされた。

「ん、あ、……フラン……、あ……あぁあ」

陰部に潜ったフランシスの手は、激しく彼女を嬲《なぶ》っている。

「あ、あ、あ——……っ、フラン……っ、そんな奥まで……」

「下からだと、手が、かなり奥まで入るな……」

笑っているような声が胸のところにある。彼女の両手がフランシスの肩の布をぎゅうぎゅうと絞るほど、手は激しく蠢き、たまらない快感が走る。やがて躰の芯から愉悦がくる。

彼の太腿《もも》を跨いだ状態だ。フランシスの太腿が開けば、シャルロットの両足も開く。

両足の間に差し入れられた手の指は、深く浅くと潜りながら、数本がばらばらと内壁を刺激した。親指だけが外で陰核を動かしている。水音がする。もしかしたら、フランシスが蜜と呼ぶものが、絨毯《じゅうたん》の上に落ちているかもしれない。

「あぁ――……っ」

フランシスの肩のシャツを掴みながら、伸び上がりながら果ててゆく。顎が上がって顔が天井を向き、髪が背中を離れて踊った。

それに合わせて、フランシスは何本もの指をちゅぷんっと深くまで差し込む。

「ひあっ、あん、――あぁ……――……っ、っ」

がくがくと身体を引き攣らせて、思い切り快感に浸《ひた》ってしまった。

フランシスは、淫靡《いんび》で卑猥な彼女の姿を、目の奥に焼き付けるようにして見つめている。

脱力して彼の胸に倒れ込む。彼の肩に置いた手は、今度は胸元の布を掴《つか》んだ。

シャルロットの両足がフランシスの腕で下側から持ち上げられ、下肢が宙に浮く。彼の胸に上体を預けていなければ、仰向《あおむ》けで後ろへひっくり返ってしまう態勢だ。

「え……？　……フラン……？」

「このまま挿《い》れる」

「……？　ズボン、は？」

ちらと下を見た彼女は、いつの間にか前がくつろげられた布の間から、力強く勃ち上がる雄と対面する。一見しただけで、形や色などが脳裏に焼きついてしまった。

シャルロットは真っ赤に上気して、目をぎゅうと閉じた。フランシスは口角を上げ、己自身の上にゆっくり彼女を下ろしてゆく。

十分濡《ぬ》れていた。そのうえ、体勢からして陰部が開いているから、膨らんだ傘と太い幹はやすやすと隘路《あいろ》に押し入ってくる。

窓が近いというのに、これほど淫らに交わってしまうとは。

「ア――……っ、フラ――ン……ベッドへ、あぁ」

「この、状態で……移動など、できるものか」

自らの体重も加わって、奥までずんっと入った気がする。雄に拡げられた彼女の襞《ひだ》が、蠢きながら自分を犯す杭を締めつけた。

一時的に動きを止めたフランシスは、彼女の内部を味わっている。

小さな呟《つぶや》きが、彼の胸に縋《すが》り付《つ》いているシャルロットに聞こえてきた。

「小柄で華奢なのに、なぜあなたの肉体はこれほど熟しているのだろうな。私が最初の男なのは、間違いないのに、どうしても叔父上の手が入っているような気がしてならない」

悔しそうなのが不思議だ。

シャルロットの性交の相手はフランシスが最初で彼だけだ。リチャードはシャルロットを緩く抱きしめ、額にキスをしていただけで、それ以上は指一本触れなかった。

奇妙なことだ。彼の関心は〈シャルル〉にあって、シャルロットにはないはずなのに、なぜこれほど悔しそうなのだろう。シャルロットはリチャードの妻だから、本来は、手が入っていて当たり前だろうに。自分は何かを間違えている？　──では、何を。

思考は、フランシスの動きで霧散した。

雄芯は深く入っていた。彼女は軽い。脚を抱えた彼の腕で持ち上げられて、下ろされて、蜜路が擦られ蜜壺の最奥まで突かれる。

「あ、あ、あぁ……ん、なに、深、い……っ。感じる、すごく……っ」

「ここ、か──」

集中的に〈ここ〉を擦られ突かれて、シャルロットは何も考えられなくなった。しこっているというその場所は、いつも激しく快感を呼び寄せるが、いまや最高の愉悦の波がきている。

「アツイ……、あぁ、熱いわ……フラン──っ……く、る……っ、熱い──」

「肌が、燃えているようだ。シャル、一緒に、いこう」

奥まで拡げられて、ぐんっと突き入れられると、いつもより深い絶頂に達した。

「──……んっ、ぅあ──……あああ、あぁっ──」

鼓動がどくんっと一際大きく踊り、躰中が痙攣《けいれん》したようにひくひくと震える。白い海で溺れて、空気が足りない。大きく口を開けて、空気を呑むのと同じように快感を貪り食らう。

「ん……ふっ……あぁ……」

ぐったりと力が抜けて、彼の胸元に凭《もた》れた。少し遅れて、彼も果てたようだ。どくどくと注がれる精を胎内で感じた。

「内側で、イけるようになったな……」

よく分からない。しかし、花芽のときとは違って、達したのに愉悦を求める欲求は終わらなかったのだ。

ぐったりしながらも内壁がぎゅうと締まって、萎えたにも関わらず雄を絞っている。揺らめく腰で、続きを強請る。彼女の肉体は、自分でも驚くほど貪欲になっていた。

フランシスはいかにも楽しそうに笑って彼女に口づける。

「続きは、ベッドで――」

「ん――……」

萎えた男根がずるりと引き抜かれる。何ともいえない感触に、ぶるんっと胴震いした。離れてゆくのを惜しいと感じる自分は、本当にどうしてしまったのだろう。己の想いがはっきりしたからだろうか。

――でも、ずっと傍にはいられないのね……。

泣きたくなった。

そして、夕方から夜になる。

ドア越しに聞きにきた執事に、晩餐は不要だとフランシスが答えていたのを耳で捉える。

フランシスはシャルロットに聞いた。

「お腹《なか》は空いていない？　手で摘まめるものを持ってくるように言おうか？」

喘ぎながら首を横に振る。食欲は、抱かれて得られる快楽への欲求に負けている。

その夜はベッドに移っても、彼の情動は止まることを知らなかった。

ベッドへ移ってから、フランシスはようやく服を脱いで裸になる。服を脱ぐタイミングが前よりも早い段階になったのは、シャルロットが《逃げるなら自分の足で走ります》と言ったからだろうか。

（……いざというときには、負担にならないように、リネンを被って逃げる）

共にベッドへ入るときは、いつもそれを念頭に置く。

綺麗に付いた筋肉とバランスの良い整った男の肉体が晒《さら》されて、シャルロットは目を眇《すが》めてそれらを眺めた。

容貌もさることながら、態度や言葉も、常に理想以上の王太子であろうとしている彼は、その裏に大学時代の奔放で明るく意気揚々と未来を語る本当の自分を隠している。たった半年とはいえ、大学時代に共に学んだから、シャルロットにはそれが分かる。

恐ろしいような微笑は、次兄一派と戦うためのものだと思いたい。

「フラン……」

「これを使おう」

彼が手を上げると、そこにはリボン式タイが握られていた。端がゆらりと揺れて、シャルロットの瞳に赤い残像を遺《のこ》す。いつにも増して激しい責めが始まった。

フランシスは美しいシャルロットを目でも舌でも堪能する。

彼女をうつ伏せにして、両腕を背中側で括った。大学構内を駆けていた〈シャルル〉のときと同じような服を用意した。両手の親指を背中側で結ぶのに、赤いリボン式のタイを使った。

彼は服を脱いでしまったが、乱れたシャツを纏《まと》う彼女が淫靡で美しいので着せたままになっている。胸のところのボタンが飛んでいるから、肩が半分脱げかけていた。

淫らで卑猥でも美しい。金褐色の髪がまた好い具合にシャルロットを飾りたてている。

白いシャツを着るシャルロットは、フランシスの脳裏で過去の姿と繋がる。笑いながら走る〈シャルル〉。雪で滑って転んだのを助け起こせば、無垢な瞳で見上げてきた。

シャルロットが大学の講義を受けるようになってすぐのころ、遠目で見ただけで女子だと分かった。空気の色がそこだけ違って見えたからだ。

他の連中も同じだろうが、そこで女子だと分かるには精神の柔軟性が必要とされた。頭からあり得ないと打ち消した者は結局、最後まで分からないでいた。

彼以外にも少数の者が気付いた。そいつらをけん制するのに、結構さまざまな手を使った覚えがある。

そのころは、彼女には何か理由があるだろうから守ってやるという、それだけだったのだ。

陰ながら守るというのが楽しかった。

雪の中で見上げてきた無垢な瞳に一気に心を持っていかれた――というのは、後からの認識で、当時は、彼女につい視線が流れて集中が切れてしまうのを困ったことだと考えていた。いっそ近くに寄せれば勉学に集中できると考えたのが、深みに嵌《はま》る最初の段階だ。

少年の姿が似合っていたのは、細くて小さく、それでも元気で、いつも頑張っていたからだろう。教授たちを追い掛けて、質問攻めにしていた。

それが、叔父の屋敷で妻だと紹介されて、どれほど驚愕《きょうがく》したことか。

今では、美麗さを誇る女の躰でフランシスの腕の中にある。

ベッド横にある小さな灯だけの薄暗さの中で、後ろ手で括ったリボンの赤さが白い背中で鮮やかに映えていた。乱れて広がる金褐色の髪、横顔を見せて喘《あえ》ぐ朱い唇。美しい。

シャルロットは、縛られて苦しそうなのに、頬を赤くして快感で蕩けた表情を晒している。

フランシスの情動は、彼女を見ているだけで煽られていった。

手の平で双丘を撫《な》でてから、高く上げた尻肉を両手で開いて繋がる。

椅子のところで先に抱いていたのも手伝って、ぐしょぐしょに濡れていたから一気に入った。

「あぁ――ん……っ、フラン、ふ、らぁー、ん――……」

雄を絞るのに長けた肉体は、彼を酔わせると同時に苦しくもさせる。自分以外の男の影を見るような気がしてならない。

フランシスは、最後まで達していないのに、ずりっと抜いた。

「な、なに……？　フラン……」

男を含んで広がった膣口が閉じてゆくのをじっくり眺める。息衝いている淫らな下の口は綺麗な赫《あか》だ。誘われて口づけた。

「あ、あ、あぁ……っ、そ、んな、見ないで……汚れてる、いや、……っ」

小ぶりでも引き締まった臀部。それでいながら、彼の精液と彼女の蜜で汚れた狭間と腿、脚。シャルロットは涙を流しながら羞恥に身悶えるが、そういう姿も好い。

指を差し込み、中から掻き出すようにしながら、舌で舐《ねぶ》り回す。

「あぁあ――……っ」

シャルロットは髪を振り乱して快楽に耽った。それを見ているだけで、すさまじく興奮する。もっといじめたい。もっと啼かせて、フランシスを求めさせたい。

膝をさらに広げさせて、後ろから手で双丘の間を嬲った。持って来ていた媚薬をそこに塗る。

「あ、冷たい……。なに？」

「媚薬だ。あなたはこれで乱れきってしまうだろうな。免疫がないから」

「どうして、そんなもの、どう……して、あああ、あー……ん……」

陰部を擦り、指を立てると、激しい反応を返し始めた。即効性なのだ。

自分のぬめる肉棒を再度挿入して抜き差しを始めれば、シャルロットは狂ったようにして快感を追い始める。

「は、あ、あ、あぁあ……ひあぁっ……」

「いい、か？」

「い、好い……っ、あ、もっと」

「もっと？」

「深くまで……んっ、ぅん――……んっ、きゃ、あぁ――……ア……」

深く、浅く、シャルロットの悦楽の場所を責め続けると、高い嬌声を上げ、縛られた腕を乗せたまま背を撓らせて、再び達した。

だが、まだだ。もっと求めさせたい。そして答えてもらいたい。心の内を。

子宮口まで突いてから、そこで止まると、シャルロットは激しく喘いで尻を振った。後ろ手に縛られた身を少し振り返らせる。

「フ、ラ、ン……っ、いじわる、しないでぇ……」

うつ伏せのままで横を向いて、涙に塗れた瞳で後ろにいるフランシスを捉えようとする。開けている口元からは唾液が漏れていた。下にしている枕が濡れている。赤い舌がチロリと覗いて、彼女自身の唇を嘗めた。美しくも淫猥な名画のようだ。

フランシスは深く呼吸して、彼女を壊してしまわないよう己を抑える。

「シャル……。愛しているのは、誰だ？」

「え、なに？　何を……あ、動いて……、あん、焦らさないでぇ……」

「バートンではないな。それは分かる。じゃ、好きなのは誰なんだ」

「あん、フランよ。フランが好き。……だからもっと」

「叔父上は？」

いきなり動いてぐんと突くと、押し出されるように彼女は言う。

「愛しているわ……、家族、だもの……、あんっ……っ」

ばかげている。答えはずっと前から変わっていない。フランシスのことを好きと言ってくれるようにはなったけれど。

「叔父上に、躰を……」

聞きたい。しかしそこで止まる。弄《いじ》られたことはあったか、陰部に指を入れられたことは、それほど豊かに胸を育てたのはリチャードの手管ではないのか。

フランシスは嫉妬の闇に取りつかれている自分を自覚する。嫉妬の対象はリチャードだ。

突然現れたバートンは、そういう闇を多少膨らませるだけに過ぎない。

疑問は彼女を抱く中で浮き上がり、心が苛《さいな》まれる。

ばかげている。この状態で聞いて、どうやって確かめる。リチャードはもういないのに。

——苦しい……。苦しい、シャル。妻なのだから、あなたは叔父のものだった。そのことに疑問も嫉妬もなかったのに、最初の声を聞いたのが私だと思えば、それ以外はもう認められな

くなってしまった。

想像だけが膨らんで、彼女を引き裂いてしまいたくなる。そういう目つきで眺めていたときもあった。同時に、啼《な》いて縋り付いてくるシャルロットが愛おしくてたまらない。

敬愛していた叔父に嫉妬の念を抱いてしまうのも、彼にしてみれば不本意なのだ。

――愛している。シャル……っ。

思いが迸《ほとばし》り、両手で双丘の両側を掴むと、勢いよく突く。

「きゃぁあ――……」

びくんっと仰《の》け反《ぞ》ったシャルロットは、また達してゆく。けれどまだ放せない。

――あなたは、私の本来の姿を知るただ一人の女性だ。

友人連中は、大学時代の彼を知っていて、そのころ語った理想を追うのを今でも手伝ってくれている。いずれ王になった暁には側近にしたい連中だ。

では伴侶は？　愛する相手は？　ずっと傍にいて支えてほしいのは？

――あなただ。あなたしかいない。シャルロット。愛しているんだ。

叔母と甥の関係では妻にはできない。では、このまま愛人でいいのかと自問自答を繰り返しても、いつも結論は一つだ。どういう関係に堕《お》ちても、手放せない――と。

「愛している、シャルロット……っ」

快感に捕えられている彼女には聞こえないだろうと思うから口にした。

『割って入るなら、止めるだけの立ち位置が必要だと思われませんか？』

権利もないのに主張するなと、真正面から彼を糾弾したバートンの言い分は正しい。

――民のことを考えないサミエルに、玉座は渡せない。王太子の地位は失えないのに、あなたを放すこともできないんだ。

シャルロットと結婚したいと表明すれば大騒ぎになるだろう。第一、シャルロットがフランシスをどう思っているのか、一度も確かめたことがない。

リチャードを家族として愛していると何度も言われた。では、男としてはどうなのだ。

深々とシャルロットの胎内に己を撃ち込むと、フランシスは欲望を解き放つ。これで媚薬の効果はなくなるはずだ。

意識がくらりと遠のく。それほど激しく抱いていた。自分ながら笑ってしまう。

「目が覚めたら本当のことを話すよ。シャル。どうするのか選んでくれ」

フランシスは深く身を折り彼女の背中から被さると、夢心地な眼をして喘いでいるシャルロットの口元に、触れるだけのキスをした。

翌朝、だるい腰をなだめながら起き上ったシャルロットは、横にフランシスがいないのを見て、彼がもう出かけてしまったのだと思った。

（……昼、ではなくてお茶の時間に近いわね）

媚薬の効き目は抜けていたのでほっとする。ガウンを羽織ってよろよろと扉へ近づいた。

（……逃げるときに身体を隠すのは、別にリネンじゃなくていいんだわ。夜用ガウンをいつも近くに置いておけば、それに包まって走れる）

取りとめもなく思考が回る。

侍女を呼んでお湯に浸かり、ドレスを着付けられるころ、ようやく脳内が目覚めてきた。

衣装室を出て私室の居間で軽く食べたあと、執事がやってきて、ソファに座る彼女の前方でくきりと頭を下げる。

「バートン様が屋敷をお出になられました。後日、ご挨拶にまいられるとのことです」

「そうですか……」

王都にはカリィ一族関係の家もある。そちらへ行ったのかもしれない。

「奥様。サミエル殿下から夜会の招待状が届きました。十日後です。《カリィ公爵を偲《しの》ぶ会》と銘打ってありますが、お返事はいかがいたしましょう」

フランシスの政敵でもある次兄サミエルからは、今までも昼食会や舞踏会、晩餐会《ばんさんかい》など数多くの招待状が舞い込んでいた。

夫を失った心の痛手が消えないという理由で悉《ことごと》く断ってきたが、《偲ぶ会》では、無下に排除もできない。執事もそう考えたから、いつもの処理ではなく改めて聞いてきたのだろう。

「行くしかありませんね。参加させていただきますとお返事してください」

「分かりました。奥様、お食事はもうよろしいですか？」

「えぇ、軽いものだったけれど十分よ。これ以上は、晩餐に響くといけないものね」

執事は一呼吸おいてから言う。

「王太子殿下が、図書室でお待ちです」

「フランシス様が？　王宮へ戻られたのでしょうに、またいらっしゃったの？」

「いえ。半日ほどお待ちです。奥様が、お着替えと食事を済ませられましたらお伝えするようにと言われました」

驚きで腰が浮いた。そのまま立つ。

「すぐに参ります」

ドレスを捌《さば》く手も早くなる。歩調もだ。フランシスは、王宮での会議や面会など王太子としての役目があるだろうに、まだ屋敷を出ていないとは、非常事態でも起きたのだろうか。

（わたしよりも早くベッドを出られている。それからずっと待っていらしたということ？）

図書室の両扉の前まで来る。先触れを出していなかったと気づいたのはそのときだ。

いまさらだと考えて、彫の入った重そうな扉をノックする。しかし、返事がない。気持ちが焦っていたシャルロットは、無礼だと思いつつも扉を開けた。

閲覧場所のソファに座ったフランシスは、身長に見合う長い脚を組んで本を読んでいた。集中して文字を追う彼の横顔は、彫像のように整っていて、しばし見惚《みと》れる。

こういうフランシスを見るのは久しぶりだ。このごろはいつもぴりぴりしていて、態度にも眼差しにも余裕がなかった。怖いと思う冷酷な面も垣間見ている。

「フランシス様」

ぴくりと指先を揺らした彼は、顔を上げてシャルロットを見ると立ち上がった。

閲覧場所だけは、奥に張り出し窓があって外の明るさが入るようになっている。窓から見える木々の葉はすっかりおちて枝ばかりだ。図書室の空気の冷たさからも、冬に入っているのを感じる。

「叔母上。食事は？　済ませられましたか？」

昨夜の晩餐も今日の昼餉《ひるげ》も食べていないとはいえ、こうも確認されると訝《いぶか》しんでしまう。

「軽く食べましたから、ご心配には及びません。フランシス様こそ、食事はどうされたのですか。王宮へはまだ戻られないのですか？」

「叔母上に告解したら王宮へ戻ります」

「告解？」

前に立ったフランシスは、シャルロットの両手をそっと掴むと、胸の高さほどに上げる。上方から青緑の瞳で真摯に見つめられてどぎまぎした。とくんとくんと鼓動が早くなる。

昨日、温室でバートンに同じようにされても、ときめきどころか逃げることしか頭に浮かばなかったのに。

理由もなく涙が込み上げてくる。結ばれることのない相手を好きになるのは苦しい。

「——シャルロット。無知が怖いと言って大学にいた。今は？　まだ怖い？」

見上げたまま呆けた。言われた言葉が頭の中でリフレインしている。

「雪の中で走って転んだのは——あなただ。髪、長くなったね」

「……え……。フランシス様っ。そ、れはっ」

「シャルル。たった半年でいなくなったあなたが心配で、それ以上に、どうしても、もう一度逢いたくて捜した。シーモア男爵家まで辿り着いたのに、そこで糸は切れてしまった。それでも引き続き捜していたんだ。カリィ公爵夫人になっていたなんて、見つけられなかったはずだな。叔父上にあなたを引合わされたとき、私がどれほど驚いたか分かる？　——シャルル」

驚愕で目を瞠った。シャルロットは首をゆっくり横に振る。足を後ろへ下げてフランシスの前から逃げたいのに、両手を掴まれていてできない。

「似ているだけで違うかもしれないと思い込もうとしたんだが、チェスの一手で確信した。あなたは、私が大学で出逢ったシャルルなんだ」

「で、でもっ。あの、だから？　あなたは〈少年が好き〉なのでしょう？　わたしではなく」

「誤解したのはあなたで、それを利用したのは私だ。あなたを好きでたまらなかったから、状況を利用した。嘘偽《うそいつわ》りであなたを抱いていた。嫉妬で狂いそうになりながら、その誤解も解かずに押し通してきた」

「嫉妬！　あなたのような方が」

「叔父上が相手では、嫉妬しても無理はないだろう？　これから先、この物狂しい嫉妬の闇から抜け出すためにも、あなたには傍にいてほしい。私を許してくれ。シャルロット。愛している。あなたは？　私をどう思う」

どきどきと鼓動が走る。頬は上気したり蒼褪《あおざ》めたりと忙しい。

――両想いなの？

唖然《あぜん》とした。口を薄く開いていたかもしれない。

「結婚しよう。生涯、共にいたい。問題も難関も山積みだが、返事さえもらえれば、どのような障害も乗り越えてみせる」

ガンガンと耳鳴りがした。自分たちを取り巻く状況が脳裏を激しく回る。

――血の繋がりはない。でもっ、彼は甥《おい》。わたしは叔母で、次期国王の相手にはなれない。公にしてはいけない関係だもの、結婚なんてことを主張した途端、フランは王太子位を剥奪《はくだつ》される。

「何としてでも周囲に認めさせる。シャルル、お願いだ。私の求婚を受け入れてほしい。あなたを愛しているんだ。ずっと前から。あなたが〈シャルル〉と名乗っていたときから」

瞬きも忘れてフランシスを見上げている。端麗な顔と姿を持つ彼は王太子に相応しい人物だ。いずれは王となって、国の平安と安定のために力を尽くすだろう。

第三王子だったが、玉座の方からやって来た。それはこの人が、どのような道を辿《たど》っても王になる人だからだ。

シャルロットのことを種にして、サミエルの妨害は一気に膨らむに違いない。

──フラン。あなたが好き。あなたを愛しています。

雪が降る。フードを被《かぶ》せようと伸ばされる腕。革の手袋をした手をじっと見ていた自分は、フードを被せてもらうことなど、両親が亡くなってからずっとなかったので忘れていた。だから、何をされようとしていたのか分からず、ただ見上げるばかりだったのだ。

雪まみれでブラウン教授の家の扉の前にいた彼。スノーマンのようだと思った。

大好きで大切なフランシス。愛している。

シャルロットは、握られていた両手を伸ばしてフランシスの胸元を思い切りどんっと押した。想いを綴ることに気を取られていたフランシスは虚を突かれ、手の力を緩める。シャルロットは自分の手を引き戻して、数歩下がった。そして叫ぶ。

「帰って！　二度と来ないで！　あなたには〈少年が好き〉などという指向はなかった。だから、わたしは必要ないのです」

「シャル……っ」

「近寄らないでっ。嘘だった。嘘だったんだわ。そんな人の言うことを、いまさら信じろっていうの？　嫌いよ。あなたと結婚なんて、できないっ！　できないのよ……」

込み上げていた涙が、迸った言葉と共にぽろぽろと零《こぼ》れた。

「シャル」

「近寄らないで！　《叔母上》でしょう？　亡くなったとはいえ、わたしはリチャード様の妻でカリィ夫人と呼ばれる者。あなたは甥であり、王太子殿下です」

貫くように見られる。きつくて冷酷なまなざしなのに、燃やし尽くされるような灼熱の熱さを感じた。怒りなのだろうか。絶望なのか？　彼の視線が怖いくらいに冴えている。

フランシスは、一度目線を下げ、再び顔を上げて彼女を見る。

ぎくりとするような空気の圧力があった。けれど引かない。自分のためではなく、彼のためだから、踏ん張っていられる。

歩き始めたフランシスは、彼女の横を通り過ぎて両扉まで行くと片方を開いた。そして振り返る。彼の動きに合わせて体の向きを変えていたシャルロットへ笑いかけてきた。

おおらかで自信に満ちた笑みは、フランシス本来のものだ。

胸を衝かれた。かつて、彼女を守っていた人がそこにいる。

「追い返されようがどうされようが、私は何度でもあなたに愛を請う」

一瞬後に、彼の表情はがらりと変わる。表面ばかりをにこやかに保った妖しい雰囲気に包まれ、冷酷で非情で怖いフランシスがそこにいた。

「嫉妬の闇が私を狂わせる。拒絶は許さない。絶対に、あなたを私のものにする。国王になって愛人に落としめてでも、私はあなたを諦めない」

軽い音と共に扉は閉まり、シャルロットはへなへなと床に腰を落とした。乱れて広がった裳裾の上に、すでに流していた涙がぱたぱたと落ちる。

思い込んで走った挙句こけると言われがちのシャルロットだが、フランシスの求愛を拒否できたのは、よくやったと自分を褒めてやりたい。

しかし、つらい。両想いだった。自分の〈好き〉はとうに報われていたのだ。

フランシスの想いも結婚の申し込みも嬉しかった。受け入れたかった。

両手で顔を覆い、うっ、うっ……と嗚咽を漏らして床に伏せる。しんと静まり返った中で、自分の泣き声を自分の耳で聞いている。

『もっとも愛した人に別れを告げた場所だったんだよ』

奇《く》しくも同じ場所でフランシスと別れることになった。

最初に少年だと偽ったのは自分だ。フランシスは悪くない。指向についても少し考えれば嘘だと分かることだったのに、目を背けていた。

リチャードがいなくなって寂しかったから、差し出された彼の手に縋り付いた。本当はずっと前から好きだったから、関係を続けた。

自分のために彼を引き寄せていた。それなのにフランシスだけを責めた。

胸が痛い。すぐにでも彼を追いかけて縋り付いてしまいたい。好きだと、愛していると言ってしまいたい。

——リチャード様。わたしを叱ってください。あの方のためにと思いながら、どうしようもなく揺らいでしまうわたしを。

しばらく声を上げて泣いていた。

ようやく顔を上げた彼女を取り巻くのは、静寂に満ちた図書室の空気だ。

ふっと思い出す。

『もしも、路に迷ったら』

ふらふらと廊下を歩いて書斎へ行ったシャルロットは、机の引き出しから一本の鍵を取り出す。手の中に納まる大きめの鍵。両手で持って握りしめた。

『一人ではどうしようもないことが起きたら』

リチャードの声が聞こえたような気がした。

窓の外では雪が降り始める。冬将軍到来だ。

第四章　貸金庫と夜会と雪

例年よりも早い初雪は、さらさらと軽く、みるみる積もった。――が、翌日の陽光で簡単に溶けてゆく。その夜はまた軽く降り、翌朝には溶ける。それを繰り返しながら、ほんの数日で王都は冬らしさを深めていった。

王宮の西の端に、第二王子サミエルが居住する一角がある。そこのサロンから窓の外を眺めたサミエルは、形の良い細い眉をしかめた。

「降ったり止《や》んだり、忙しい天候だな。ここ二日は毎晩だ。今日は昼間も降っている。これでは、せっかくの〈カリィ公爵を偲ぶ会〉に、招待客が来られなくなりそうだ」

夜会の予定は三日後に迫っていた。

窓辺に立っている彼は、ソファに座る取り巻きたちを振り返って愚痴る。取り巻きたちの立場は一応、〈王子の友人〉だ。

暖炉には赤々と火が燃えている。二つの三人掛け用ソファと一人用ソファはその暖炉に向かせて囲うよう設置されていた。

振り返った動きで、フランシスよりも派手やかで濃い色目の金髪が揺れる。仲間を見据える瞳は、空の高見によく似た青だ。

その場には、ミハイルを含めて六人ほどが集っていた。そのうちの一人が答える。

「明日には止むでしょう。多少積もっても、王都の大道は行き交う馬車が多いので、動ける状態は保たれると思いますよ」

他の連中も同意して頷く。

流れるような足取りで一人用ソファまで来たサミエルは、優雅な動作で腰を掛け、両足を組んだ。女性たちが感嘆して眺める長い脚が優美に動くさまは、もはや芸術的といえる。

左右の手の指を組み合わせて軽く膝の上に載せると、サミエルは、彼へ目線を集中させる者たちを下目づかいに見回した。

尊大な態度が許される王子という地位があり、美しい姿まで持っているサミエルは、自分に媚びへつらう人間が大好きだ。軽蔑しながらこき使うのも好きだった。

しなを作って言い寄る若い女たちも、夫がいるのに彼と関係を持ちたがる人妻も好きなので、美しい順から軽い気持ちで手を出している。

放蕩《ほうとう》が過ぎると判断されて父親である国王から王太子に指名されなかった彼は、国王としての仕事に興味はなくても、蔑《ないがしろ》にされたと怒るだけのプライドの高さは持っていた。

薄い唇はフランシスと似ているが、紡がれる言葉はかなり違う。

「本命が来てくれなくては困るからな。せめて来る時間に雪が降らないようにと願うよ」

「主催が王子殿下で、夜会の名目が〈カリィ公爵を偲《しの》ぶ会〉ですからね。奥方が来ないわけにはいかないでしょう。この先、王宮社交界へ顔を出す気持ちがあるならなおさらです」

「カリィ公爵家の財産を守るためにも、公爵位を養子などに継がせるためにも、社交界へ出ないことには話になりませんから、来るでしょうね」

　隣同士で頷きながら次々に声を上げる。取り巻きたちの間でも立場の優劣は争われていた。どれほどサミエルに気に入られるかが彼らにとっての最重要事項だ。

　酷薄そうな笑みを浮かべたサミエルは、しっとりとした口調で続ける。

「カリィ夫人に逢えるのが楽しみだよ。葬儀のときに挨拶をしただけだが、黒のレースが邪魔で顔がはっきり分からなかった。小柄でも膨らむところは膨らんで、締まるところは締まったいい躰をしていたな。あのタイプは、抱きがいがあるんだ」

「〈叔母上〉ですよ、殿下」

　くすくすと笑いながら一人が言えば、そこにいる連中もみな笑う。一人が重ねて言った。

「人妻で、しかも未亡人。おまけに十九歳ときた。男としてあれこれ掻《か》き立《た》てられるのは分かりますけどね」

「手を出すなよ。僕の獲物だ」

　睨んだふうでサミエルが言えば、ははは……と、乾いた笑いが部屋の中を埋める。

「フランシス様はうまくやりましたよね。二人の関係は、カリィ公爵ご存命中からでしょうが、それを証明できれば追い込めるものを。王弟殿下の奥方との不義密通では、さすがの国王もお許しにはならなかったでしょうからね」

笑いが収まったころ、一人が舌打ちと共に吐き出した。

取り巻き連中からすれば、王太子に指名されたのがフランシスであったのは大きな誤算だった。将来国王になると思えばこそ、ご機嫌取りに奔走してきたというのに、肝心なところで権力への階段を外されてしまったようなものだ。

だが、チャンスはある——という共通認識で共同戦線を張る。

サミエルは能無しではない。自分にとって都合のいい者を重用し、気に入らない提案をする者を退けてゆく程度には有能だ。

王だからといって、国全体を動かしてゆきたいなどという野望は持っていないし、民草は貴族の栄養分だから、生かさず殺さずがもっとも有効だと考えるだけの頭も持っていた。

貴族界にとっては実に好都合な王子殿下だ。サミエル自身もそれを自覚している。

長兄が逝去したとき、順番では第二王子のサミエルが王太子になるはずだった。

彼にとってそれが当たり前で、多くの人々が近寄ってくるのも、褒め称えるのも、揺らぐことのないこの世の節理だったのだ。それを根底から覆された。

「僕は決して忘れない。父王が次の王太子はフランシスだと言ったときのことを」

フランシスと共に呼ばれて、国王の私的な空間にある居間へ行った。年代物の一人用ソファが間をとって円形に設置されている大きな部屋だ。

珍しく母親の王妃も同席していた。父王が座る後ろには、王宮の侍従長も、典議長もいた。そういう場で、カノーファ王は言ったのだ。

『王太子には、フランシスを指名する。貴族院がうるさいだろうが、押し通すつもりだ』

サミエルの顔は青ざめ、言葉を失い、すぐに返答ができなかった。

それはフランシスも同じだったようだが、あの弟はサミエルに遠慮して辞退するべきところを、そうはしなかった。

フランシスは、たった一言を返して、その場にいる者たちへ己が王になると宣言した。

『分かりました』

ぐっと唇を噛みしめてから口を開いたフランシスを、隣に座っていたサミエルはすぅっと顔を横へ向けて眺める。整った横顔は、自分とよく似ていたが、厳しい表情をしていた。

嬉しそうにする弟であれば可愛げもあったものを。

一年以上前になる。悪夢としてみるほど忘れられない場面だ。

長兄と同じようにフランシスが王になる前に死去するなら、あのときのことは忘れてやってもいい。その時点で王子として残るのはサミエル一人だ。父親がどれほど否定したくても、次期国王は彼以外にはいなくなる。

弟を抹殺するためにありとある手段を講じてきたが、なかなかうまくいかない。残った王子サミエルが疑われないために、事故に見せ掛けなければならず、それが難しい。

追い落としたいなら、手段として残るのはスキャンダルだ。

叔母と甥が関係した程度では、元々腐った面のある王宮社交界での公然の秘密の一つにしかならない。実際、王宮内で闊歩《かっぽ》している女たちの上に君臨するのは、王妃ではなく愛人のインスラット夫人だ。

問題は、陰にあるべき事柄が公の場に出てしまうことにある。

表の部分でスキャンダルになるのは許されない。市井の者たちが騒ぐのは面倒でもあるし、国の名誉にも関わるからだ。

「夜会の場所は、殿下の王都屋敷の方でしたね」

「そうだ。丁重にもてなしたいからな。用意も整っている」

〈王子〉が私的な催しをするときは、王宮内ではなく王都にある私有の屋敷、あるいは懇意にしている高位の貴族家で行う。

国家として護るべき最たる者は国王と王太子であるという警備上の理由により、公的なものでない限り王宮以外が推奨されるというわけだ。

ただ、その慣習がなくても、サミエルは王宮以外をこの夜会の場所として選んだだろう。

「フランシスには、汚名を被るか、この国から出て行ってもらおう」

普通の人なら胡散臭くなる笑顔でも、サミエルなら天上人の笑みと見紛う美しさになる。発せられる声は憎しみに満ちていた。

「あいつは嫌いだ」

すべてに対して、好き嫌いだけで動いてゆく。それは身内と取り巻きだけしか知らない彼の特性、性情だった。

「叔母上を最大限に利用しよう。バートンを使えば面白いことになる。上手《うま》くいけばバートンがフランシスを始末してくれるかもしれない。上手くいかなくても、人を殺傷したフランシスに残される道は国外逃亡しかない。何、叔母上との逃避行なら、あいつも喜んで行くだろう。国外で事故にあったとしても、僕の知るところではない」

「バートン・ディ・カリィが、我らの一人と縁戚だったのは好都合でした。実直な男のようですが、すっかりカリィ夫人に骨抜きにされているとか」

「仕掛けの転がり方次第では、叔母上を僕が囲ってしまうことも可能だな。それも面白い。フランシスはどうやら叔母上に本気だから、さぞかし歯ぎしりをさせられるだろう」

フランシスがどれほど叔母のシャルロットに傾倒しているか、本人は外に出していないつもりだろうが、サミエルには分かる。サミエルが抱いたことのない珍しい感情——憎しみを向ける相手だからこそはっきり見て取れた。

恋人同士を引き裂くのはさぞかし面白いに違いない。それがフランシスならなおさらだ。

あの弟が慟哭の叫びを上げるかと思うと、たまらないものがある。

サミエルは喉の奥でうっそりと笑った。


雪がやんだときを見計らって公爵家の馬車で銀行へ行ったシャルロットは、貸金庫の中から密閉された大判封筒と小さな封筒を取り出した。どちらもカリィ公爵家の封蝋が押してある。小さい方には、数枚に渡る手紙が入っているようだ。

大判封筒は厚みもあり、中は書類の束だろうと予想できた。

遺産相続にはもっと多くの書類が用意されていて、カリィ公爵家の顧問弁護士が預かっていた。公的機関への提出など手続き終了までの一切を、リチャードから事細かく指示を受けていた弁護士が行っている。

貸金庫にあるものは、相続とは別のものだとリチャードは言っていた。期限もないと。

別室を用意するという銀行の提案は丁重にお断りをした。何が出てくるか分からない以上、銀行内で封を開けて見るわけにはいかない。シャルロットは屋敷へ持ち帰った。

抱えた二つの封書を自分の私室にある書斎の机の上に置いて、革張りのデスク用椅子に腰を掛ける。玄関ホールで出迎えた執事が、一緒にやってきて予定の打ち合わせを始めた。

いつものことだが、彼はめずらしく最後に自分の疑問を口に載せる。

「王太子殿下は、このところおいでになりません。屋敷の者が何か粗相をいたしましたでしょうか」

誰にも話していないが、初雪が降った日、シャルロットは図書室でフランシスに二度と来るなと言った。それ以来一週間以上になるが、彼は来ない。

三日あけずに屋敷へ来ていたフランシスだから、周囲が不審に思うのも無理はなかった。

屋敷の者の不手際かもしれないと考えられているなら、否定しなければいけない。

「違います。お忙しいのでしょう。……いずれは終わる関係だったのですから、このまま遠ざかっていかれるなら、それでいいのです」

「そうですか。立ち入ったことを申しました。お許しください」

「いいのよ。それだけ気遣ってもらっているということだもの。いつもありがとう。書類の整理をしますので、しばらくは誰も来させないでちょうだい」

「はい」

執事は深々と腰を折ってから退出した。

大小どちらから封を開けようかと迷ったシャルロットは、小封筒の中身は手紙というより説明文書かもしれないと考えて、内容を確かめるために大きい方から開けることにした。

ペーパーナイフで中身まで切らないよう注意しながら封を開ける。中から出て来た多くの書類は。

「これは――、〈白い結婚〉の証明書？　わたしとリチャード様の」

リチャードとシャルロットは肉体の繋がりのない〈白い結婚〉だったと、リチャード本人の肉筆で書かれた証明書だ。

公爵家の紋章が透かしで入っている厚めの用紙に簡潔に書かれていて、彼の署名もある。

心臓に疾患があって、妻を抱くことはできないという医師の証明書もあった。

公爵家の敷地内にある礼拝堂で行われた結婚式は、完全なものではなく、最終的に誓約書の署名もないことを記した神父の証明書まである。

確かにサインをした覚えはない。シャルロットは十二歳のときから、伯父夫婦によってきちんとした教育が妨げられていたので、結婚式は教会でするものとしか思っていなかった。

知っていたとしても、当時はまだ十六歳で、リチャードとの結婚よりもいかに伯父夫婦の手から逃れるかという点に最大の関心があったので気が付かなかっただろう。

〈白い結婚〉の証明には、夫本人、式のときの神父、そしてもう一人、国王の署名が必要だとされている。

夫と神父の証明はある。国王の署名はないが、それを必要としているというリチャードの兄に対する嘆願書があった。

「リチャード様……、なぜこのようなものを残されたのです」

誰もいないのに声が出た。シャルロットにとって、リチャードは家族だ。だから、突き放されたようにも感じてしまう。

震える指先で証明書類などの一式をがさがさと纏め、もう一度封筒に入れた。

今度は小さい方の封書だ。何が書いてあるのかと恐ろしくなったが、こうして貸金庫から取り出した以上、リチャードの最後の意思は受け取らなければならない。鍵は、シャルロットに預けられたのだ。

小さい方の封書に入っていたのは、数枚の手紙だった。

『シャルロットへ。リチャード・ディ・カリィからの最後の言葉を伝える』

最初に書かれているのは、これらがシャルロット宛てだとはっきり分かる一行だ。

『元気で過ごしているかね？　貸金庫を開けるのは私がこの世を去ってから半年後くらいだと思うがどうだろうか』

洞察力が常人よりはるかに優れていると感じていたが、半年という予想はほぼ当たっている。

『まずは、おまえに謝りたい。〈白い結婚〉の証明書を残さねばならない状態だったのに、妻としたのは私のわがままだったということだ。養女でもよかった。その方がおまえのためになっただろう。娘にしておけば、夫を見つけて幸福になれる道もあったはずなのだ。それなのに、私がおまえを妻として傍に置きたいがために結婚という形にした』

食い入るように字面を見つめて読んでいく。

『私は、二十歳になる前に心臓に疾患があると診断を受けた。医師団には、長くは生きられないと宣告もされた。すでに婚約していたが、早い段階で寡婦にしてしまうのを避けたくて、彼女には婚約破棄を申し入れて別れを告げた。あの、図書室で』

《彼女をまともに見たのはそれが最後だった》とリチャードは言っていた。

哀《かな》しい場所であっても、図書室を大切にしたいのは分かる。今のシャルロットには、自分のこととして分かる。

『彼女はそれからすぐに、シーモア男爵と結婚した』

え……っと息を詰めた。リチャードがもっとも愛した人、それはシャルロットの母親だったのだ。

――春の花のような人だとリチャード様は言われていたわ……。そうね、お母さまはそういう感じの方だった。

『幸福を願って断腸の思いで手放した彼女は、なんと、短い命を宣告されていた私よりも早く逝ってしまった。シーモア男爵と一緒に。どれほどの慟哭が私を襲ったか、分かるだろうか。こんなことなら傍に置いて、短い間でも愛しあうこともできたのにと、激しく後悔した』

文面からもそのときのリチャードの嘆きが伝わってくる。

両親は、シャルロットが十二歳のときに、列車事故で逝去している。短命を宣告されたリチャードは、本人も意外に思うほど普通に生活をして、五十歳を過ぎるまで生きた。

先のことは誰にも分からない。自分の命の先を考えて手放しながら、置いていかれてしまった絶望はどれほど深いものだったか。

『四年ほど荒れて暮らした。皮肉なことに、疾患を抱えた心臓はそれでも大丈夫だった。そんな毎日の中で、シーモア男爵夫妻には娘がいると教えてくれた者がいた。兄の国王だ。荒れた生活をしている弟が不憫だったのだろう。私はすぐに調べておまえを手元に引きとった。十六歳だったおまえは、痩せて小さな少女だったが母親にとても似ていた。私は、かつて見ていた夢を、もう一度見られるかもしれないと錯覚してしまったんだよ』

婚約者と結ばれて幸福な家庭を築くという夢をもう一度見たいと望んだから、リチャードはシャルロットと形だけの結婚をした。

『私のわがままでおまえを縛り付けた。すまなかった』

込み上げるのは感謝の念だけだ。リチャードが救い上げてくれなかったら、シャルロットは、がらんどうになったあのシーモア家の屋敷で息絶えていたかもしれない。ひどい結婚相手に嫁がされていたかもしれない。

リチャードが彼女を救ったのだ。謝罪など必要はないと、伝える術はもうない。もっと早くに聞きたかった。

けれど、生きている間に真実を表に出すことをしなかったのは、リチャードがそれを望んだからだろう。夢を見たままで最後まで——と望んだ。

穏やかな顔で眠るようだったリチャードは、きっと、満足していた。

『さて、ここからは、おまえの父親代わりとしての提言だ。こうして貸金庫から出したということは路《みち》に迷ったのだね？　何かしらの困難があっても、おまえには自力で越えてゆく力がある。難関に立ち向かい、雄々しく、そして少々先走りながらでも克服してゆくに違いないと信じているよ。迷ったのは、自分一人ではどうしようもないことが起きたからだ。愛する人ができたのではないかと思うが、違うかね？』

「リチャード様……。いったいどれほどのことを予想していらしたのですか？　わたしがフランシス様を好きで、愛するようになるということまで、見通していらしたの？」

夫としてのリチャードは、己の半身である伴侶という立ち位置よりも、家族という括《くく》りで思っていた。肉体の関係がなかったせいもあるが、リチャードも、自分のことを父親代わりと考えていたなら、それほど互いの認識が乖離していたわけでもない。

包むように守られていた。いつもだ。父親の代わりというなら、その通りだった。

たった半年とはいえ、〈シャルル〉の大学時代のことをブラウン教授から聞いていれば、シャルロットがフランシスを好いているということは分かるだろう。

最近になってようやく気が付いたシャルロットの気持ちを、リチャードは早くから見抜いていたのかもしれない。

シャルロットの心の中では、フランシスはリチャードとまったく別なところにいる。好きで、恋しくて、逢いたくて、愛しい人。思い浮かべるだけで、気持ちがほわりと暖かくなる。けれど、優しさばかりでなく、つらくて苦しい思いも彼からは与えられる。それでも好きだと思う気持ちはとても強い。家族に対する愛情とは違う。

リチャードからは、苦しさを受け取ったことはない。

手紙には、もう少し先があった。

『愛する人がいるなら、これらの〈白い結婚〉の証明書類をどうするのか、その人と話し合って決めなさい。二人で選んだ結果、焼き捨てることにするならそうしてもいい。必ず、おまえの愛する人にこれらの書類を見せて話し合うこと。いいかね、決して一人で完結して走ってしまってはいけないよ。これは、私の最後のお願いだ。心配はいらない。私の娘シャルロットが愛を捧げる相手だ。きっと同じように想ってくれている』

涙が溢《あふ》れて止まらない。ぽたりぽたりと手紙の上に落ちたのに気付いて、急いで袖のレースで拭う。字が滲《にじ》んだ。

『おまえの幸福を祈っている』

祈りで締め括られた手紙の最後に、リチャードの署名がある。

何度も読んだ。何度も読んで、フランシスに伝えなくてはならないと思った。

これらの証明書は、フランシスにとって重荷になるかもしれないが、必ず相手に見せるようにと書いてある。

「……二度と来ないでと言ってしまいました。リチャード様。フランシス様は、わたしに逢ってくださらないかもしれません……」

ほんの一週間前の出来事だ。

――あの方だけを悪者にして責めて、傷つけた。もう、見向きもされないかも。

しかし、リチャードの最後のお願いだと書いてある。最後の――彼がもういないことが身に迫って、ぼろぼろと泣けてくる。泣きながら考えた。

――外へ持って出るのは……だめだわ。失くしたり、奪われたり、何が起こるか分からない。フランシス様と外で話すのも避けた方がいいわね。あの方の状況からすると、隠れたところで誰かが聞いているかもしれないから。

悪意を持った人間が知ると、どういうふうに利用されるか、分かったものではない。こちらへ来てもらうしかなかった。そのためにはまず逢って話す必要がある。

――王宮へ行く？　逢ってもらえるかしら。使いを出しても追い返されるかもしれない。嫌いだって、言ってしまったもの。

シャルロットは、深く考えながら、リチャードの手紙を抱きしめたまま執務机のところで徐々に頭を下げてゆく。フランシスの重荷になるかもしれないと思えば、身を丸めてどこかに隠れてしまいたくなった。やがて、額が机の表面につく。ことんっと音がした。

そこではっとして頭を起こしたシャルロットは、手紙を小封筒に戻し、大判封筒と一緒に書斎机の引き出しに入れた。

フランシスと連絡を取る方法を考えるが、いい案も見つからないうちに三日が過ぎて、夜会の夜がきてしまった。


やんでいた雪が再び降り始めていたが、前日に太陽が顔を出していたので、馬車は王都の大道を難なく走った。

サミエルの王都屋敷は、シャルロットには初めての訪問になる。カリィ家の屋敷と同じくらいの大きさだ。

「ようこそおいでくださいました。叔母上」

「リチャード様のための夜会を開いてくださいまして、ありがとうございます」

玄関ホールまで出迎えてくれたサミエルに貴婦人の礼をとる。《今宵《こよい》は黒い服ではなく、悲しみから立ち直っていると分かってもらうためにも、明るい装いでお出でください》と申し入れられていたので、今夜のドレスは黒色ではない。

甘く優しい桜色の生地の上に濃いえんじ色の糸で花柄の地紋が入った落ち着いたものだ。

細やかなレースとリボン、それにたくさんのフリルが白さを加えていて、若々しさも清楚さも強調している。

歴史あるカリィ公爵家の名を損なわないために、宝石も最上級のものを身に付けてきた。シャンデリアの光をキラキラと弾《はじ》くさまが多くの人の目を惹く。

サミエルの髪はフランシスよりも派手なブロンドだ。いままで意識したことはないが、王子殿下と呼ぶにふさわしい華麗さがある。

（フランシス様には寂しくなくなったら黒色のドレスはやめると言ったのだけど……）

図書室を大切にしてくれる公爵家の後継ぎを決めるまでは、王宮社交界も疎《おろそ》かにはできない。

夜会のために大広間が解放され、続き間に食事などが用意されている。華やかな世界だと改めて思って周囲を眺める。

「こんにちは。カリィ夫人。お久しぶりですわね」

「カリィ夫人は、今宵は一段とお美しいですなぁ。公爵もこれならきっと安心して眠られましょうな。手の中で隠すようにしておられた細君でいらっしゃるから……」

誰もがシャルロットに丁寧に挨拶をして、リチャードを偲ぶ言葉を掛けてくれる。しかしそれは、あくまでも表面上のことだ。

嘲弄の囁《ささや》き、そして侮蔑の視線がまとわりつく。目の前でリチャードの思い出話をしながら、数歩離れただけで、同じ口がシャルロットへの誹謗《ひぼう》中傷を吐き出す。わざとらしくちらりと見ては、嘲笑を繰り返す。

葬儀や弔問のときも、ちらちらと見られては囁かれていた。今宵はあのときとは比べ物にならないくらい、暗鬱な視線が寄越《よこ》される。ここは敵地なのだ。

フランシスを追い落としたい者たちの集まりだから、シャルロットに対しても、敵意を向ける人が多いのは当然だろう。

大広間にある大きな窓の外へ視線を向ける。雪が降っていた。こちらへ来るときは大丈夫だったが、帰るときは問題が出るかもしれない。

取り巻きと共に近寄ってきたサミエルが、シャルロットに飲み物を手渡しながら微笑む。

「雪で戻れない場合は、泊まられればいいのですよ、叔母上。客間もたくさん用意してあります。すでに泊まると申し出られている方もいらっしゃいますよ」

煌《きら》めく風貌と優しげな物言いで、好感は容易《たやす》く生まれる。意識せずにふらりと引き寄せられてしまうこの感じは、とても危ない気がした。

フランシスに暗殺まで仕掛ける実兄だ。外見に惑わされてはいけない。シャルロットは、要注意人物だと自分に言い聞かせる。

胸内はともかく、にこりと笑って答えた。

「ありがとうございます。ですが遠くではありませんので、多少積もったとしても、屋敷には必ず戻るつもりでいます」

「〈多少〉ではないかもしれませんよ」

窓から見えるだけでも、外の雪は増量している。窓枠にもずいぶん積もっていた。

シャルロットはぐっと奥歯を噛みしめてから、さらに深くした笑みと共に答える。

「帰ります。馬車が動かなくなれば、歩いてでも」

ははは……と笑うサミエルの姿は、明るさの陰に異質な性情を感じさせた。シャルロットはわずかに眉を顰《ひそ》めさせる。

「お好きなように。ですが早めの退出はできませんよ。叔母上は主賓ですからね」

「分かっていますわ」

先手を打たれて釘を刺された。けれど、いざとなれば本気で歩いて戻るつもりでいる。大通りをまっすぐ行けばいいのだから、迷うことはない。

にこにこと笑いあってその場は離れた。

「ごきげんよう、カリィ夫人」

今度は凄まじく豪華な美女が彼女の前に立つ。

白金の髪はしっかり結い上げられていて、髪飾りの赤いルビーが目立つ。青い瞳は、サミエルと同じ色彩だ。スタイルもよく、引き締まった腰と、迫力のある胸元に目を奪われる。

気圧されそうになりながら、シャルロットは挨拶をした。

「インスラット夫人。お久しぶりです」

初めて顔を合わせるわけではないが、親しく会話をする間柄でもない。

国王の愛人であり、表に出てこない王妃の代わりに王宮社交界で権勢をふるう女性だ。大層な美女だが、このごろはさすがに年齢的な衰えが隠しきれず、そろそろ社交界の女王も代替わりするときがきた——と囁かれているらしい。侍女情報だ。

社交界の次の女王はシャルロットだというのがもっぱらの見方らしい。そのせいもあってか、インスラット夫人マルベリーからは、出掛ける先で稀《まれ》に逢ってもあからさまに敵視される。

マルベリーの後ろには、取り巻きの貴族家の奥方連中が弧を描くようにして立ち、シャルロットを眺めていた。

それぞれの顔には張り付いたような笑顔がある。まるで笑う仮面を付けた女性軍団だ。

マルベリーも作ったような微笑を浮かべて口火を切った。

「カリィ夫人。リチャード様のご逝去で、あなたも私と同じになりそうね。王妃にはなれないただの愛人に。でも、国王陛下の愛情次第でいくらでものし上がれるわ。王宮では、私の次はあなただと噂《うわさ》されているのよ、知っていて？　学識なのを鼻に掛ける嫌な人とも言われていてよ。少しは愚かなふりもなされませんとね。敵が多くなるばかりでしょうに」

「そうですか」

薄い反応しか返せない。大体、これほど正面切って来られては、何をどうすればいいのか、慣れていないシャルロットでは対応に困るばかりだ。

マルベリーの細い眉がきりりと上がる。

「ひ弱そうに見せかけるのは、小柄でも美しさに拍車が掛かるから好手と言えるかしらね。でもね、私は自分の座をまだ明け渡す気はないの。……ね、フランシス王太子殿下も、そろそろ、女性などより取り見取りだと知っていただかないといけませんわね」

「そうですね」

もっと別な答え方があるのだろうが、言葉が見つからない。何か、気の利いたことを言わないと。何か。

社交界で練り歩くには、シャルロットはまだ経験が足りない。心は焦るが、口を突いて出るのは、思わず本音になってしまう。

「わたしは、リチャード様が大切にされているものを守って静かに暮らそうと思っています。公爵位を継げる養子が決まれば、王宮からは遠ざかるつもりですので、インスラット夫人のお邪魔にはなりません」

マルベリーはむっとして顎を引いた。

「まぁ、財産などは使ってこそ意味があるのよ。守るだけでは役に立たないわ」

「守りたいのは、すべての財産ではなくて、その一部になる図書室です」

シャルロットが真面目に答えれば、マルベリーは目を丸くした。周囲の貴婦人たちがどっと笑う。それほどおかしな返答だっただろうか。

「と、図書室って。本しかないではありませんか」

「冗談はもっと上手くおっしゃらないと」

嗤《わら》いながら口々に言われるが、放置だ。こういう感じは、大学で妬まれて絡まれたときを思い出す。マルベリーだけが凍ったまなざしでシャルロットを睨《にら》み据えていた。

（……そうか。インスラット夫人が大切にしている地位を、わたしは大切にしないと言ったも同然だから、怒りを覚えられても当然かもしれないんだわ）

無意識とはいえ、人の矜持を踏みにじってはいけない。かつてフランシスに、《孤立する》と言われたではないか。

「あの……」

「フランシス殿下には、私の遠縁の令嬢をお勧めしておきましょう。お手を付けた女性が、これほど王宮社交界に慣れていないのでは、お困りになられるでしょうから」

「……」

答えようがなくて黙ってしまった。幼くて覚束ない対応だと分かっても、どうすればいいのか分からない。

「いいえ、困りませんよ」

不意に後ろから声がした。フランシスだとすぐに分かる。ぱっと振り返れば、すらりとした美しい立ち姿の彼がいる。しかも、凛々しい。

〈王太子殿下〉は、この夜会の最上位になる。ざざざ……とそこにいる者たちが場を広げて頭を下げた。それに合わせてシャルロットも貴婦人の礼をする。

フランシスはシャルロットに右の掌《てのひら》を上にして差し出した。

「叔母上、外へ出ませんか？　雪が美しい夜です。寒くなればすぐに戻ればいいのですから」

「はい」

彼の掌の上に自分の手を載せる。フランシスはシャルロットを連れて大広間を後にした。マルベリーをはじめとした周囲の視線が痛いほど背中に突き刺さっている。

マルベリーの表情の中に何か言いたげな気配があった気がして、心に残った。

屋敷の中を知らないシャルロットは、てっきり庭に出るのかと思ったが、フランシスは、料理などが用意されている続き間の最奥にある扉を開いて彼女を誘導してゆく。

やがて、屋敷の裏側を通る廊下に出た。誰もいない。

王太子殿下を邪険には扱えないので、引っ張られる手を振り払うこともできずに一緒に来たが、ここは人目がないからいいだろうと、シャルロットはようやく力任せに自分の手を引いてフランシスから離れた。

鋭く睨む怖い目付きで彼女を凝視している彼に言う。

「広間を長く抜け出すのは避けねばなりません。わたしは、主賓だそうですので」

「気にすることはありませんよ。彼らの楽しみのための夜会だ」

ふっと笑ったフランシスの唇に、つい目を向けてしまう。あの唇は、シャルロットを愛撫《あいぶ》して散々啼かせる技を持っている。

いやそんなことより……と、緩く頭を振って脳内をしゃんと建て直したシャルロットは、フランシスに言う。

「なぜいらっしゃったのです。ここは敵地ではありませんか」

「叔父上を偲ぶというなら、私も来ないわけにはいかないでしょう？　兄上はこういう部分がとても上手《うま》いのです。それに、叔母上がいらっしゃると聞きましたから」

「罠《わな》、とか」

「人目がありすぎるので難しいでしょう。視認できなくても、周囲には近衛兵がたくさんいますよ」

思わず見回すが、長い廊下の端から端まで見やっても人影一つない。両側にぽつんぽつんと扉があるだけの、窓のない廊下だ。

ぐっと手首を掴まれる。ぎくりとして顔を上げたシャルロットは、フランシスがすぐ後ろ側の扉を開けたので驚いた。引っ張られて部屋の中に入る。あっという間だ。

扉を閉められ、取っ手についている簡単な錠をフランシスが下ろしてすぐ、廊下をバタバタと走る音が聞こえた。

ぎょっとした表情で扉の方へ向いているシャルロットを後ろから抱き込んで、フランシスの片手が彼女の口を塞ぐ。声を上げるなということだろう。

すぐに現われたと思しき多人数が、扉一枚隔てた向こうの廊下を行ったり来たりした。声も聞こえる。

「いませんね」

「ふん、どこぞの部屋に潜り込んだか。ま、いい。全部屋を開けて調べるのも面倒だ。やはり場所はあちらにしよう」

ぞっとするような冷徹な口調で語られた声は、つい先ほど聞いたサミエルのものだった。フランシスに対しての〈暗殺〉が、こういう場所で具体的に来るのは驚きだ。

近衛兵がいてもサミエルなら王子殿下の命令で遠ざけられる。勢力的に押されているフランシスは、一人で戦うのを余儀なくされているのだろうか。

常に緊張を強いられる彼が、大学のころのおおらかさを失っていても仕方がないかもしれない。とても残念ではあるが、生きていることが最優先だ。

足音が遠ざかる。ほぅと息を吐いてシャルロットは身体全体から力を抜いた。

ようやく部屋の中の様子も見えてくる。上クラスの客間のようだった。雪で足止めされた客を泊める予定があると聞いた通りに、暖炉にはすでに火が入れられている。

それが明かりの代わりになって、薄暗くても真っ暗ではない。窓の外が白っぽいのは、雪明りのせいだろう。

「サミエル様が言われた〈あちら〉というのは、どちらなのでしょう……」

小声で疑問を口にしながら後ろのフランシスへ向き直ると、とんっと押されて扉の横の壁に背を着く。そのまま、押さえつけられた。

「フランシス様？」

口づけられる。

「う……んっ……」

宙に浮いたシャルロットの両手首をフランシスの手がまとめて掴む。覆い被さる格好で壁に押し付けられているから、身体の前側とはいえ両手を拘束されては身動きができない。

彼のもう一方の手はシャルロットの顎を掴《つか》んできつく握る。口が開いた。唇の隙間から舌が入って口内への愛撫が始まると、腰から下が痺れたようになってしまう。

「ふ……っ、んぅ……」

濃厚な口づけに酔わされて両膝が震える。ドレスの下スカートを挟みながら、膝をすり合わせた。フランシスに慣らされた肉体は、彼の情動にやすやすと反応する。

彼の唇は、シャルロットの口端から零れた銀色の滴を舐め取って頬へずれてゆく。耳に到達すれば、フランシスは外耳を舐めてから囁きかけてきた。

「明るいドレスだ。もう寂しくなくなったのか？」

「違います。夜会に来るのに、明るく装うようにと条件があったので」

「私の腕から逃れたと思ったから、次の恋人を探しにきたんだろう？」

「いいえっ」

耳たぶを甘噛みされる。壁とフランシスの間に挟まれている小柄な彼女は、首を横に振るのも難しい。フランシスの吐息がくすぐったいのもあって肩を竦めるのがせいぜいだ。

「嫉妬の闇は深いな。初めてあなたを抱いたのは私だというのに、あなたの心は叔父上から離れない。どれほど表面的な恋人として手に入れても、シャルの中では叔父上が最上位なんだ」

比べることなどできない。それをどう伝えればいいのか分からず、言葉に詰まる。

フランシスは焦れたようだ。呻《うめ》くようにして言う。

「抱きたい、シャル——。たった十日触れていないだけで、こんな状態だ」

腰をぐいっと押し付けられて、彼の前側が膨らんでいるのを感じ取る。鼓動がどきんっと跳ねた。口の中の湿りが多くなったのでこくりと嚥下する。まるで、彼の言葉に期待しているかのようだ。

——……十日、逢っていない、から——。

シャルロットは自分も欲望が膨れてくるのを感じて愕然《がくぜん》とした。

——抱いて、ほしい？　そんな、はしたないこと。

彼女の喉に食らいついていたフランシスは、シャルロットが唾液を呑《の》み込《こ》んだのを知っただろう。期待していると、きっと思った。

間違ってはいないが、それだけを彼に求めているのではない。

「ベッドへ行くか、立ったままでするか、選べ」

シャルロットの目が宙を彷徨い、奥の方にベッドがあるのを見つける。

ベッドへ行けばドレスを脱ぐことになる。立ったままなら、壁に押し付けられたこの姿で、裳裾《もすそ》を上げて繋がるのか。

「だ、だめです。大広間へ戻らないと。だれかが捜しにくるかも……」

「ほしい。シャル。だめなら、そうだな、これをどうにかしてくれ」

フランシスはシャルロットの手を掴んで自分の前側に当てた。男根はすっかり勃起して、ズボンの前を押し上げている。

シャルロットはぎゅうと目を閉じてしまうが、そうするとますます雄の存在を感じた。

硬い。大きい。その状態を見たこともあるが、まともに触れるのは初めてだ。

彼の手がシャルロットの手を覆うようにしているので、軽く開いていた掌が閉じられず、上から押されると、手はより開いて勃起したそれを包むことになった。

実のところ、包めるような大きさではないが、棒状のものを布越しに触れていると、いつの間にか指が曲がってそれを掴んでいた。フランシスの手が動けば、彼女の手も動く。

雄はもっと太く、硬くなった。

「フラン……。だめ、だめよ」

断りの言葉を吐きながらも喘いでしまう。フランシスは喉の奥で笑った。

「咥えて。広間へ戻るために。頼むよシャル」

彼がキスをしながら言う。フランシスは舌を出してシャルロットの上唇と下唇をすぅっと舐めていった。口で受けてほしいと、動きでも示す。

頭の中が熱い。そういう行為があるのを知っている。したことはないが。

シャルロットの両手を解放し、すぃっと一歩後ろに下がったフランシスは、じっと返事を待っているようだった。そこでふと、シャルロットはフランシスにお願いしたいことがあったのを思い出す。ここで顔を合わせたのは、千載一遇の機会ではないだろうか。

息が早いのをなんとか収めて、彼女はフランシスを見上げると言った。

「屋敷においでください。リチャード様が用意をされた書類と最後のお手紙があります。お見せするようにと書いてありました」

性情が高まっている中で慌てて口走ったから、肝心なことが抜けていた。あなたを愛しているという一言を言い損なっている。

この場所では滅多なことを言えないという用心もあった。敵地なのだ。

薄暗い中でも分かるほど、フランシスの表情が苦渋に歪む。

「叔父上の最後の手紙――か。何が書いてあるのだろうな……。行くよ。この夜会を早めに抜けてそのまま行く。シャル。あなたの願いと引き換えだ。私を満足させてくれ」

くるりと位置を入れ替えたフランシスは、壁を背中にしてシャルロットの前に立ち、彼女の両肩を掴んで上から押さえるつけるように力を入れた。

シャルロットは呆然《ぼうぜん》としながらも、床に膝を突く。

――怒っているというより、苦しそう？　嫉妬、と言われていた。リチャード様に？

フランシスには縁談がたくさんきているとバートンに聞いたとき、彼女の胸に苦しくてどろどろとしたもの思いが込み上げた。あれは確かに嫉妬だ。

フランシスは図書室でシャルロットに愛を告げてくれたから、泥沼のようなその感情に取りつかれるところまではいかなかった。

それなのに、シャルロットはフランシスに《嫌い》とまで言ってしまっている。

フランシスが足を取られている嫉妬の闇は、シャルロットのそれよりはるかに深く、はるかに濃度の濃い、恐ろしいものかもしれない。

長めの上着の前を開け、ズボンの前側を開いて取り出された怒張は、信じられないほど太く大きい。暗い中でそびえる肉の凶器は、何度も彼女の胎内へ突き入れられ、中をかき回した。そこから生まれたのは、狂うほどの愉悦だ。

陰茎の根元には、ズボンの布を避ける意味もあるのか、彼の右手が添えられている。その中心で頭を上げるぬめる肉塊は肌よりも濃い色合いをしていた。

顔が茹だっているかのように熱い。きっと真っ赤になっているだろう。心臓が口から出そうなほど、動機が激しい。

思わずまじまじと見つめていたシャルロットの頭の上に、フランシスの手が乗せられる。

「シャル……。口を開いて、最後まで、呑んでくれ。零すと、ドレスが汚れるぞ」

夜会の会場に戻ることを考えれば、ドレスを汚すなどあり得ない。

聞いたことのないような掠《かす》れた声が頭の上の方から落ちてくる。フランシスはいつも泰然としていた。その彼が、興奮している？

上を向いてフランシスの表情を確かめることなど、とてもできない。

シャルロットは意を決すると口を大きく開け、目の前で先走りの液を盛り上がらせる雄に口元を寄せていった。先端をチロリと舐《な》める。

「……う……っ……」

詰まったような息遣いを耳で拾う。脳内はとろとろと蕩けだしているかのように熱い。シャルロットは無我夢中で、フランシスの熱杭にむしゃぶりついてゆく。

彼の手が頭を撫《な》でるように動く。反対に口の中の雄はまるで暴れ馬だ。

「う……っ、……ん――……」

何も分からなくなってくる。自分に言い聞かせるのは、ドレスを汚してはならないということだけ。だから、飲み干さないといけないと、それだけ。

男根が動いて、喉を目指して突いてくる。苦しい。

「歯を……たてないでくれ……」

苦しげでもあり、淫に塗れたフランシスの声が聞こえると、すさまじく煽られた。強力に押し込まれる。口をいっぱいに開いても全部は入らない。

「う……ぐぅ……」

息苦しくて目尻に涙が溜《た》まってくる。それでも、シャルロットはフランシスが気持ちよくなるようにと、一心不乱に彼の男根を口で愛撫した。

雄は、奥へ入り浅くへ引くが、すぐにまた奥へくる。

「舌を、使って……シャル……愛している。雪の中で、転んだあなたを、愛している。スノーマンだと言ったあなたを――」

雄は口内の奥深くで爆《は》ぜた。

外は雪。白い雪。

頭の中も真っ白になっていった。

大広間へ戻って、フランシスはシャルロットにワインを飲ませた。酔ってもいけないので、給仕に白湯を持ってこさせて渡す。

フランシスにとって愛しくてたまらないシャルロットは、ドレスを汚さないためだったとはいえ、彼の情液をほとんど飲み干した。噎《む》せて零した分は彼のハンケチーフで受け止めたが、十分堪能した。

初めての体験だったろうに、潔さというか思い切りの良さというか、彼女にはたまにひどく驚かされる。しかも、こちらが嬉《うれ》しくなる方向の驚きなのだから、何度でも無理難題を押し付けたくなってしまう。

いつの間にか時間も過ぎて、彼のところへ挨拶に来る大勢の者たちを捌《さば》いている間に、フランシスは彼女を見失ってしまった。

——いくらサミエルが私を憎んでいても、シャルに危害を加えるとは思えない。

夜会の場所はサミエルの王都屋敷であり、シャルロットに何かすれば露見の可能性が高い。

——屋敷に行くと伝えた。カリィ公爵家の王都屋敷でまた顔を合わせるはずだ。

行為のあと、シャルロットもはっきりと言った。

『わたしも必ず戻りますから』

彼に見せたいという《リチャード様が用意をされた書類と最後のお手紙》は、一体どのようなものだろう。

洞察力に優れたリチャードの最後の言葉だ。興味もあれば、畏怖もある。

あれこれ考えながら、サミエルに挨拶をして彼の王都屋敷を出る。馬車にはフランシス一人が乗った。近衛兵は騎乗して前と後ろについている。

カリィ家の王都屋敷の玄関から入るときに、近衛兵たちには、玄関前ロータリーとホールでの立ち番を交替でするように命じる。

シャルロットはまだ戻っていなかった。彼女自身も言っていたように、主賓だから多少遅くなるのも致し方ない。

いつもきっちりと役目をこなしている執事に、もうすぐシャルロットも戻るはずだと伝えて、彼女の居間へ案内してもらう。ソファに座って、出されたお茶で喉を潤しながら待った。

明かりはあるし、暖炉には赤々と火が燃えているから寒くはないが、窓から見える外の雪はかなり多くなっている。シャルロットはまだ戻らない。

(雪で足止めを食らったのか？　連れて出るべきだったかもしれないな)

ただそれをすると、後に残った連中に何を言われるか。彼よりもシャルロットの方が誹謗中傷の標的になりやすい。拙速な行動は慎むべきと考えて別行動をした。

(……彼女を守りたいなら、手を出さなければよかったんだ)

自分を止められなかったのだから、この言い分は無駄なあがきに過ぎない。いずれ必ず、何らかの方法で手に入れていた。

自由に暮らしていた彼が王太子として相応《ふさわ》しくあろうとするためには、かなりのところ自分を抑えなくてはならず、精神が鬱屈し始めていた。

王宮の毒に浸《おか》されて変わってしまうかもしれない自分を、シャルロットなら、そこにいてくれるだけで正しい方向を思い出させてくれる。希望に満ちて未来を語った己を取り戻せる。

「あなたが必要なんだ、シャル。誰にもとられたくない。だからこそ、他の男の存在に嫉妬してしまう。叔父上であっても」

リチャードは尊敬できる叔父だ。どうしようもなく卑小な人間であったなら、これほど苦しくはならなかっただろうに。

「……遅いな」

シャルロットは戻ると言った。来るはず。

『お見せするようにと』

聞き間違いでなければ、そう言っていた。

リチャードが書類の中身を見せるのにフランシスを指名したのはなぜだ。正誤の確認だろうか。不備がなければ、彼女はそれをどうするんだ。

――シャル……。早く来てくれ。おかしくなりそうだ。

リチャードが最後にしたことなら、無駄な何かであるわけがない。書類と手紙には何が書いてあったのだろう。

考えれば考えるほど暗く陰鬱な泥沼に埋まりそうになる。

そうした魔の手を振り切るようにしてソファから立ち上がったフランシスは、視線の先にドアがあるのを見る。廊下へ出る側ではなく、私室の繋がりへ通じるドアだ。

あのドアの向こうには彼女の書斎があり、さらに向こうに寝室がある。何度も通ったから、よく知っている。

フランシスは、壁のドアを開いてシャルロットの書斎へ入った。書類というなら、書斎机だろうと予想してそこまで行き、一番上の引き出しを開く。

——これか。

大きな封筒と小さな手紙らしきものを、机の上に出して椅子に座る。

シャルロットの許しもなくこういうことをしてはいけないと思いながら、見せると言われているから大丈夫だという勝手な言い分がせめぎ合う。——結局、焦燥に苛《さいな》まれた彼は、シャルロットを待てなくて中から出した。そして、書類と手紙を読む。

「……叔父上、あなたは——」

大判封筒からは〈白い結婚〉の証明書類。手紙には、リチャードがシャルロットを妻にした理由が書いてあった。

唖然《あぜん》と目を見開き、何度も読む。

『必ず、おまえの愛する人にこれらの書類を見せて話し合うこと』

〈愛する人に〉見せるよう最後のお願いとして書かれた手紙には、フランシスの名はなかった。どこにもない。

シャルロットがこの手紙を読んで、共に見てほしいと望んだ彼女の〈愛する人〉は。

——私だ。

フランシスは両目を閉じて天井を仰ぐ。

これらの書類でカリィ公爵とシャルロットの婚姻は白紙になる。

——これで、シャルを正当に手に入れることができる。妻として傍らにおいて、彼女に苦しい思いもさせず、手を取り合って生涯を共にできる。叔父上……っ。

叔母と甥《おい》という関係は解消されるから、フランシスとシャルロットの結婚は可能になる。可能であっても、王宮社交界は、断絶している男爵家の娘など家柄が釣り合わないとさぞかし騒ぐだろうが、その程度のものならフランシスが片手間で黙らせてみせよう。

叔母と甥という関係が、彼では乗り越えられないもっとも大きな壁だった。それをリチャードが取り除いてくれる。しかも。

『私の娘シャルロットが愛を捧げる相手だ。きっと同じように想ってくれている』

リチャードにとってシャルロットは娘と同じだと書いてある。直筆で。

顔を合わせて聞きたかった答えがこの手紙の中にあった。フランシスは、足を取られてもがいていた深い嫉妬の闇から救われたのだ。

「叔父上……。あなたには、まだまだ敵《かな》わないな」

思わず声が出た。愛していながら彼女を傷つけてしまう泥沼から、これでやっと抜け出せる。

リチャードがシャルロットの相手にフランシスを想定していたのかどうかは、想像するしかないが、恐らく予想していた。

この点については、はっきりした答えがなくてもいい。シャルロットは〈愛する人〉としてフランシスを選んでいるのだから。

閉じていたフランシスの両眼がふっと開く。

――この物音はなんだ？

階下での派手な物音。それもかなり大きな音が聞こえてくる。物が倒れる音や壊れる音が断続的に響き、制止の声とたくさんの足音も聞こえてきた。

椅子から立ち上がったフランシスは、手早く封筒類を元の引き出しに仕舞うと、足早に動いてシャルロットの書斎から出る。廊下を走って玄関ホールへ下りている階段まで来てから、吹き抜けになっているホールの様子を上から眺めれば、状況は一目瞭然だった。

――襲撃か！

人気がないところではよくあることだったのですぐに分かった。誰の命令で動く者なのかを特定されるのを避けるために、いつもは顔を隠すなりなんなりしていたというのに、今回ばかりは相手の正体が丸わかりだ。

彼の近衛兵ともみ合っているのは、サミエルの兵だった。

——本人まで来ているとはな。

一際派手な風貌のきらめく髪をした美青年がサミエルだ。取り巻きの若い貴族連中も数人連れてきている。

フランシスは下へ向かって声を張り上げた。

「屋敷の者は誰も傷つけるなっ。私はここだっ！」

公爵家の屋敷だけあって、玄関ホールといっても舞踏会ができるほどの大広間だ。

三階までの吹き抜けも素晴らしいなら、下がっているジャンでリアが幾つもあって昼間のように明るかった。三つある大理石の暖炉には火が入れてあり、それほど寒くもない。

上から見て大体の人数の把握をしながら、フランシスは余裕綽々といった体で階段をゆっくり下りてゆく。

常にフランシスについている近衛兵は、サミエルの兵と対峙しながらフランシスのところへ来ようとする。それを手で制止して、フランシスはサミエルの前まで歩いた。

揉《も》めていた連中がざざっと両脇に避けて路を開けるさまを、サミエルは口元に美しい笑みを浮かべて見ている。

フランシスの青緑の透き通った瞳がサミエルを真正面から見つめる。目を反らした方が弱者であるというのは、生物界では自明の理だ。

「兄上。この屋敷の執事や使用人たちはどうしました」

「向こうに閉じ込めてある。騒がれても面倒だからな」

「公爵家の屋敷ですよ。襲撃などされては、いかにあなたでも処分は免れ得ませんね」

「襲撃？　それはおまえの勘違いだ。僕は彼の手助けをしたいだけだよ」

サミエルの後ろから出て来た男を見て、フランシスは思わず名を呼んだ。

「バートン。兄上に組していたのか」

「組していたというのは正確な言い回しではありません。カリィ一族内ではリチャード様のお心に添うと決定しています。こうしているのは私の個人的な気持ちからですね」

思わず緊張が緩んで、フランシスは声もなく笑った。

バートンの個人的な気持ちはたやすく察せられる。フランシスは恋敵ということだ。

サミエルが面白そうに言い放つ。

「つまりだ。美しい女性を巡って男が二人いるなら、決着のつけ方は、古来より紳士の法にのっとると相場は決まっている。バートンには、愛人にするという男の毒牙から愛する人を守りたいという正統なる名分と決死の覚悟があるんだよ、フランシス」

「紳士の法……決闘？　またずいぶん古臭い手を考えましたね。私が受けるとでも？」

「受けるだろうね。叔母上とお前の関係は有名だ。その上でバートンは叔母上と結ばれたいと思っている。これだけの人間がいる中で逃げたいか？　地位も名誉もすべてを賭けての戦いなのに」

これだけの人間。確かに、ここで拒否をすれば逃げたと笑われ、臆病者と誹《そし》られて、たとえ国王となっても国政の切り盛りはうまくいかなくなってしまう。貴族優先の議会に好き勝手をやらせたくなければ、受けて立つしかない。

「叔母上は、雪で動けないから僕の屋敷で泊まられることになった。明日こちらへお連れして、勝者にお逢いして頂こう」

「叔母上に何かするようなことは、父上がお許しになりませんよ」

弟が晩年になって結婚したことを彼らの父親カノーファ王はとても喜んでいた。

シャルロットを頼むとフランシスは言われていたが、おそらく国王にもそれらしいことを伝えてあるに違いない。

「何もしない。僕の手の内にいてもらっているだけだよ。理由は雪にある。丁重に扱うに決まっているだろう？　もちろんだとも」

天上人の微笑《ほほえ》みだ。煌びやかで美しく人に疑いを持たせない無垢さまで感じさせる。けれどサミエルの意図は真っ黒だ。

——人質か。

ぎりりと奥歯を噛《か》み締《し》める。

夜会の場から、誰に何を言われようと、どれほどの陰口を叩かれようと、シャルロットを連れて出るべきだった。

「さぁ、場所を開けろ」

フランシスの後ろへ向かってサミエルが声を上げると、ホールにいる連中がざざざ……と壁際に下がって中央を開けた。王太子付きの近衛兵たちは口を引き結んで動かないでいたが、彼らにはフランシスが手を振って下がらせる。

サミエルの横に立つ取り巻き連中のうち、二人ばかりが前に出てくる。

「得物はどちらにするかい？」

前に出た二人のうち、一人は二本のサーベルを両手でそれぞれ鞘を掴んで持っている。

もう一人は、底の浅い木の箱を両腕で下から支えて持っている。三センチほどの深さのある長方形の木の内側に赤いビロードの布が張ってあり、その上に二丁の銃が置かれていた。

バートンがフランシスへ顔を向けて、低い声音で聞いてくる。

「フランシス様。どちらを選ばれますか」

「サーベルだ」

しゃっと鋭い音を放って二本のサーベルが鞘から抜かれる。フランシスとバートンはそれぞれ右手にサーベルを持ってホールの中央まで行く。相応の距離を置いて対峙した。

まっすぐな視線を向けてくるバートンに迷いは感じられない。

彼は、実直であり、悪人ではない。しかし、恋は人を狂わせる。恋心に囚われて足を踏み外しかねない状況に陥るのは、フランシスにも覚えがある。

バートンが本気だと分かっていながら、自分の想いに捉われて一度も話し合うことをしなかったつけが今になって現れた。フランシスは、己の至らなさに唇を引き結んで猛省する。状況打破の突破口を探さなくてはならない。すぐに。

――どちらが倒れても、兄上にはプラスになる。手を汚さずに目的達成か。

バートンがフランシスを傷つけても、彼は罪に問われない。立会人のサミエルが証人となって何とでもするだろう。バートンがサミエルの希望を叶《かな》えてフランシスの生命まで奪うことを考えていたら、暗殺の手間も省けるというわけだ。

フランシスが勝った場合、正式な立ち合いでも人を傷つけた者として誹《そし》りを受ける。もっとも、勝てる可能性は薄いのだが。安全な場所で剣技を習ったフランシスと、前線で大尉として戦ってきた者との差は歴然と出るだろう。

嬉々としてサミエルが一歩前に出た。

「僕が合図を出すよ。見届け人も僕だ。さぁ、いいかい――……始め！」

先手必勝とばかりに、フランシスはざっと距離を詰めてサーベルを横に薙ぎ払う。剣が交差して打ち合わされ、金属音が広間に響いた。

シャルロットはゆっくり目を開けた。周囲はしんっと静まり返っている。

「あ、れ……？　わたし、どうしたのかしら。眠っていた……？」

半身を起き上らせると、自分がソファに寝かせられているのが分かった。大きな部屋には誰もいない。

ドレスに乱れはなく、眠っている間、コルセットもそのままだったようで少し苦しい。

身体の上には毛布が掛けられ、部屋の壁にある暖炉には火が入っている。

「……どこ？　ここは」

ふかふかの絨毯《じゅうたん》が敷かれている床に足を下ろして立ち上がる。わずかにふらついた。

「これって……薬、かしら」

よろよろと扉のところまで行って開けようと取っ手を掴《つか》む。ガチャガチャと回しても開かない。鍵が掛かっている。それも向こう側からだ。

どきどきと心臓が踊る。急ぎ足で続き間へ通じるはずの壁のドアを開けようとしたが、それにも鍵が掛けられていた。

「どうしてこんなことになっているの。誰か！　誰かいませんか？」

廊下へ出る扉の方へ戻り、どんどん叩きながら叫ぶが応答はない。

「閉じ込められたんだわ。誰に……？」

部屋の中を見回す。横に寝かせられていたのは、かなり質のいいソファだ。座面の柔らかさもちょうどよかったし、大きさも、奥行きの深さもあった。他の調度品類も、一目でいい物だと分かる。

大きな窓の外は雪だ。窓を開けて上半身を乗り出しながら外を確認する。

「三階くらい？　正面玄関側じゃないみたいね」

雪をたっぷり載せた木々の枝が重そうに垂れている。地面に積もる雪の深さは分からないから、この高さで飛び降りるのはあまりにも無謀だ。

ひゅうと吹いた風が凍るように冷たい。ふるっと身を震わせたシャルロットは、窓を閉めて振り返る。耳を澄ませても、誰の声も聞こえない。雑多な生活音さえない。

（思い出すのよ。どうしてこうなったのか）

フランシスとの行為でそれなりに時間が過ぎていた。どこへ行っていたのか聞かれて答えに窮しても、察する人は多い。その点は社交界の乱れがありがたいくらいだった。

大広間は人が多くて、いつの間にかフランシスとはぐれていた。

フランシスの言葉通りに早めでもいいから退出しようと考えながらも、周囲との会話が切れない。もしかしたら、周囲に集まっていた人たちは、彼女を引きとめるために話し掛けていたのかもしれない。

お年寄りがそろそろ帰り始めていたころ。会話が長く続いたせいで喉が渇いたと思えば、都合よく給仕がシャンパンを持って来た。

（……あれだわ。あのシャンパンを飲んでから急に眠くなってしまって……）

そのあとから記憶が途切れている。シャンパンに薬を盛られていたのは間違いなさそうだ。

耳はどんなときにも生きている。意識がぼんやりした中で聞こえていた言葉を思い出す。

『叔母上は、ご気分が悪いようだ。例の部屋へお通ししよう。あぁ、僕がお連れするから』

サミエルの声だった。

「例の部屋？　ここはまだ、サミエル様の王都屋敷なの？　……違うかしら」

閉じ込められている。フランシスは夜会のあとでカリィ家の屋敷に行くと言ってくれた。屋敷で待っていても彼女が戻って来なければ、怪しんで捜してくれるかもしれない。

「それがサミエル様の狙いだったら？　夜中に出歩いていては、襲うのに好都合だもの」

しかし、雪だ。襲撃者も簡単には外へ出られない。

シャルロットは、壁の続き部屋へ通じるドアまで行ってどんどんと叩いた。

「誰かいませんか？　ここを開けてください！　誰か、わたしをここから出してください！」

何度も叫ぶ。すると、切羽詰まった彼女の声に呼応するようにして、向こう側からかちゃかちゃと錠に触れる音がした。

誰かに開けてもらおうと思っていたにも関わらず、危害を加えることを目的にした者が入ってくる可能性に思い至ったシャルロットは、ぎょっとして数歩下がる。

ドアがこちらへ向かってゆっくり開いてくる。立っていたのは、見知った貴婦人だった。

「インスラット夫人……。ここへわたしを閉じ込めたのは、あなたなのですか？」

美貌を誇る社交界の華は、目を細めて笑う。

「いいえ。私はあなたを助けに来たのよ。感謝してね」

「助けに？」

「そう。いらっしゃい。……あぁ、これを着て。私のものだから、あなたには少し長いかもしれないけれど、大は小を兼ねるというから着られるでしょう」

マルベリーが腕に掛けていたドレスコートを差し出す。襟周りや袖周りがふさふさの毛皮でおおわれていて、生地も厚い暖かそうなコートだった。マルベリー自身はドレスの上に室内用の上着を羽織っている。

これを渡してくれるということは、外へ出してくれるつもりだろう。シャルロットはコートを受け取るとそそくさと袖に腕を通した。

マルベリーに合わせたロングのドレスコートは、シャルロットには確かに長いが、多少引きずっても歩けなくはない。しかも後ろにフードが付いている。

ランプを片手にして先導してゆくマルベリーのあとを付いてゆく。この屋敷のことをよく知っているらしく、迷うことなく長い廊下や階段を使って先導される。

メイドや侍従たちが横切ってゆく直前で足を止めてすぐに隠れるという仕草は、ずいぶん手慣れている感じがした。

「この屋敷の内部をよくご存知《ぞんじ》なのですね」

まず聞くべきはそんなことではないだろう、と思ったのは声にしてからだ。慌てん坊という彼女の特質はどんなときでも有効らしい。しかも、好奇心は人よりも旺盛だった。

振り返ったマルベリーは、シャルロットを面白げに眺める。

「ここはね。ずっと前はインスラット伯爵邸だったの。伯爵様が亡くなってから、私は王宮へ上がったのよ。誰かに売却するしかなかったこの屋敷を、サミエル様がお買いになったのよ」

以前この屋敷に住んでいたということだ。

「そうですか……。おかしなことを聞きました。すみません……あ、だからドアの鍵を持っていらっしゃったのですね」

「そうよ。捨てられなくてね。あちらこちらの部屋の鍵をまだ持っているの。内緒よ」

内緒と言いながら、シャルロットに話している。話したい気持ちがあるのだろうか。

この屋敷にはインスラット伯爵との思い出がたくさん残っているから、内部の様子もよく覚えていて、鍵を処分するのもできなかったのかもしれない。

使用人が使う裏口から外へ出た。裏門まで行く。

雪が降っている。夜会へきたときには小さな白い粒だったのが、大きな牡丹雪に変わっていた。積もりそうというより、すでにあちらこちらが真っ白になっている。しかも、風のせいで横殴りに近い降り方だ。寒い。

公爵家の馬車が裏門で待っていた。彼女が乗ってきたものだ。

心配そうにこちらを見ていた御者が、二人の貴婦人を見て慌てて御者台から下りてくる。

「奥様。遅かったですね。道はかなり積もっていて、これは、屋敷にたどり着けないかもしれません。もしもこのお屋敷で泊めていただけるなら、その方がよろしいかと思いますが」

馬車の小さな扉を開けながら忠告してくれる。

横に立っているマルベリーも同意して頷《うなず》いた。

「あなたをあの部屋に入れたのはサミエル様よ。フランシス様は、あなたの屋敷へ行かれたのでしょう？　公爵家の屋敷では、いまごろ大変な騒ぎになっているわね。バートンとやらと決闘だそうよ」

「バートンさんと！」

「私が壁の裏で聞いたところによればね。サミエル様がそう仕向けるとか。どうなさる？　雪も深いし、降っているし、馬車では帰り付けないかもしれない。それでも行かれる？」

「行きます」

真正面から、と言っても身長の加減で見上げた感じになるのだが、シャルロットは真剣そのものの表情でマルベリーに答える。

マルベリーは満足そうに笑って、シャルロットの背を押した。

「誰もいないところで話ができて嬉しかったわ」

バタンとドアが閉まり御者は御者台に上がる。

マルベリーに感謝の意を伝えるために、シャルロットはドアについている小さな窓から顔を覗かせた。

「ありがとうございました」

「カリィ夫人。王太子の愛人にどういう道があるのか、私に見せて。王家の権力によって国王の愛人になった私に、別な道もあるというのを見せて」

雪交じりの風が吹いて、マルベリーの髪を撫でた。

いつもきっちり結われている髪が、今は乱れた感じで白金の糸が浮いている。風に吹かれて揺れると、ランプのか細い灯りのもとで煌めいた。

この人には、冬の風が似合う。

夫を亡くした貴婦人が、王太子の学びのために宛《あて》がわれるという話は、フランシスと関係が始まるときに彼に聞かされた。それは、両者の了解がない場合もあるのだといま分かった。

シャルロットは答える。

「フランシス様を愛しています。権力によって思いのままになっているわけではありません」

「では、自分で選んだ愛を貫いて見せて。運命をどう切り開いてゆくのか、見たいの」

「……わたしはリチャード様に救われました。今は、あなた様に助けていただいています。フランシス様のところへ行きます。行って、あの方の傍で幸せになりたい。頑張ります」

自分でも幼い返しだと思う。それでも本心からの言葉には違いない。

マルベリーは声を上げて笑った。少ない接触しかないとはいえ、初めて見る姿だ。

マルベリーはずっと見送ってくれていた。

馬車は動き出す。シャルロットは、窓からできる限り乗り出して後ろへ視線を向ける。マルベリーは少し疲れた声で決然と言った。

「行きなさい」


雪が降り続く中、大道をまっすぐ行く。昼間に行き来していた車輪の跡はすでに雪で隠れていた。その上にどんどん積もって、やがて馬車は動けなくなった。馬も立ち竦む。

「奥様。もうこれ以上は進めません。近いところのお屋敷で、事情をお話になって泊めてもらうしか……」

「馬と馬車とあなたは、そうね、あそこの屋敷まで行って、雪が止《や》んで動けるようになるまで、できるなら明日まで休ませてもらいなさい」

あそこ——と腕を上げて指す。確か、リチャードの知り合いになる伯爵の屋敷だ。

「馬車のドアに公爵家の紋章があるから、それで受け入れてもらえると思うわ。これを」

指輪を一つ外して、御者の手に握らせる。

「裏側に紋章があります。それも身分証明になるでしょう」

「ですが、奥様は」

「歩いて行くわ」

「そんな。私が付いてゆきます」

「馬と馬車を放置にはできないでしょう？　大丈夫よ。もっと北の方で、もっと積もった雪の日の経験があるから。さぁ、行って。……行きなさいっ」

命令口調で強く言えば、困った顔をして御者は俯《うつむ》いた。少し可哀そうに思うが、彼女には彼女のやるべきことがある。後ろは振り返らずに歩き出した。

夜会用の華やかな裳裾があるドレスに、引き摺りそうなドレスコートだ。歩き難《にく》いとはいえ、寒さが防げるのはいい。

王都の真ん中を通る大道とはいえ、誰もいない。そろそろ貴族たちは眠る時間だ。

両側には貴族家の屋敷が連なっている。次第に明かりが消されてゆくので暗くなるのが一番困る。けれどまっすぐだ。どんどん行けばいい。

真っ白な世界。しんしんと、かそけき音を漂わせて降り続ける雪。また雪。雪。

――怖い……。

両親が列車事故で亡くなって、伯父夫婦に虐げられた。何年も、寒くてひもじい日々を過ごした。雪が降ると、どうしてもそういう過去の日々を思い出す。

歩くのは止《と》めない。けれど、心が疲弊して過去に目が向き、怖いと感じるばかりになる。

雪。どこまでも続く白い雪が世界を覆っているかのよう。まるで白い泥の海だ。吹きつける風も雪も、行く手を阻む壁となっている。

――屋敷に戻ると約束したわ。白い海原を這ってでも行くから。無事でいて、フラン。

大学での冬。一人でいるのが恐ろしくなって、精神が崩れそうだったとき、フランシスが来てくれた。

大学都市は、生誕祭から新しい年の一週間ほど、ほとんど人がいなくなるので汽車は止まる。止まっているから、隣の町から歩いてきたのだとフランシスは言った。

シャルロットはブラウン教授宅に下宿していた。夜中にドアを叩《たた》く音がするから恐る恐る誰何《すいか》をすれば、聞きなれた声がして夢中でドアを開いた。そこに立っていたのは、スノーマンのように見えるフランシスだった。

「いまは、わたしがスノーマンね」

くすりと笑う。彼女は手を上げると、肩の方から後ろへ向かわせてフードの端を掴む。目の前に革の手袋をした両手が見える気がした。白く冷たい闇のような雪の向こうに、きっとその手がある。

「フランシス様。愛しています。あなたのところへ辿り着くわ。今度はわたしが」

何度も転びながらシャルロットは歩いてゆく。雪で隠れていた石で手に傷を負った。ふらついた拍子に壁で身体を打ってしまう。

素晴らしいコートだったのに、次第にひどい状態になってゆく。

それでも、リチャードが彼女を守って隠していた屋敷へ、いまはフランシスがいる屋敷へ向かう。

キンっと音をたてて二本のサーベルが舞う。

――前線に配属された大尉だけのことはある。すごい力だな。技も一流だ。

カシャンカシャンとサーベルを打ち合わせていれば、相手の技量も分かってくる。予想以上のバートンの力量を認めて、フランシスは舌を巻いた。

おまけに、バートンは、身体が大きいのに素早さもある。だから分かるのだ。かなり切迫しているとはいえ、バートンは手を抜いているのではないだろうかと。

まともにやれば、フランシスに勝ち目はなさそうだ。かといって、討たれてしまう気もない。

フランシスの武器は、剣よりも言葉にある。人を説得する力を持つよう、王太子になったときから自分を訓練してきたつもりだ。リチャードを手本にしたこともある。

この時代の国王になるなら、前線に立つよりも戦略を練る力を磨いた方がいい。

言葉と戦略。この二本立てならフランシスにも勝てる芽がある。

――バートンは悪い奴《やつ》ではない。頭も悪くないのに、なぜサミエルに加担する？

シャルロットに対する気持ちからというのは、間違いない。ならば。

がんっと打ち合う。近づいたところでフランシスは言った。

「カリィ公爵になれ、バートン」

ふっと見開いた眼でフランシスを見たバートンは、力で押していったん離れた。

近づいたところでの会話ならサミエルに邪魔はできないし、聞こえないだろう。

周囲はやんやと騒ぎ始めている。声援もあれば、切り倒せなどと言いたい放題しながら、祭り気分で誰もが興奮していた。この喧噪の中で、近接した会話など誰にも聞こえはしない。

もう一度、ざんっと剣を合わせて、身体ごとバートンが押してくる。

「公爵になりたいわけじゃありません」

低い声音で言ってくる。口をあまり動かさないのはサミエルに会話をしているのを悟らせないためだと推察する。

フランシスの最初の一言は、話をするという状態に引き込むためのものだ。

見事にのってきたバートンと再び打ち合う。バートンが公爵になりたいかどうかなど、聞くまでもないことだ。公爵位は、もらえるなら受け取るだろうが、彼にとって、もっとはるかに大切なのは、シャルロット自身だろう。

それを裏付けることをバートンは言った。

「こうしているのはシャルロット様のためです。国王の愛人では幸せになれない」

「結婚するよ。シャルと」

外では叔母上と呼んでいたが、この先はシャルロットでいい。愛称で呼ぶのは自分だけにしか許さないと、この場で決めた。

「どうやって」

「叔父上が残された〈白い結婚〉の証明書で」

驚愕《きようがく》で見開かれたバートンの瞳は、濃い藍色をしていた。

——叔父上に似ているな。

ばんっと強い力で押されて、フランシスは後ろに傾《かし》いだ。そこで切られれば絶命していたはずだが、バートンはそれ以上の手は出さずに、素晴らしい跳躍力で後ろへ跳んだ。

「何をやっているっ」

サミエルが叫ぶ。彼も剣技の教師が付いていたので、バートンが好機を逃したのが見て取れたのだ。

それには答えず、バートンは手を開いてサーベルを下へ落とした。派手な音を立ててサーベルが床に転がる。彼が両手を軽く上げると、大騒ぎしながら興奮していたホールの連中が声を失くして、その場は静まり返った。

「私の負けです」

たった一言が静かに流れ、フランシスはふぅと肩から力を抜いた。

視界の端にサミエルが何かを手に取ったのが見える。銃だ。フランシスに向けられていた。

距離が近いから、恐らく当たる——と思う間もなく、バートンが声を上げた。

「ザット！」

サミエルの隣に立っていた取り巻きの一人が、銃を持った彼の腕を掴み、ひょいと天井へ向けさせる。引き金が引かれた段階で、銃弾は天上にあるシャンデリアの一つに当たった。

シャンデリアは欠片《かけら》が落ちて来ただけで、下にいる連中は無事だ。

ザットと呼ばれた若い貴族の一人は、サミエルから銃を奪って、逃げられないよう腕を掴むことまでした。

動きに無駄がなく、声を上げて確認する手間も掛けずに無言でこなした。これは、訓練された者の動きだ。

この時点でフランシスは内情が分かって溜息を吐く。

バートンが片腕を上げると、奥の方から国王軍の軍服を着た連中が出てきた。ホールにいる近衛兵の中で、サミエルについていた者たちの武装解除をしてゆく。

サミエルの他の取り巻きたちは唖然として状況についていけない様子を見せているから、どうやらザットだけがバートンの部下だったようだ。

それを悟ったサミエルは、バートンを指して糾弾しようとした。

「おまえ、おまえは――」

言葉が続かない。フランシスがあとを取って、近寄ってきたバートンに尋ねる。

「もしかしたら、君は父上の命令で動いていたのか？　退役したというのは嘘《うそ》で、まだ軍に属しているとか」

「順番でいきますと、カリィ一族からの要請で退役して、シャルロット様の婿に志願するためにこちらへ来ました。その次に国王陛下から、王子殿下たちの様子を監視……いえ、見守るよう言われまして、一時的に軍を動かせるようにしていただいたのです。特例というやつですね。ザットは、大尉のころの部下です」

フランシスはバートンをじっと見据えて聞く。

「シャルロットに結婚を申し込んだのは、作戦か？」

「いいえ。……本心からです。殿下と剣を交えたのも本気です。殿下を殺傷する気はありませんでしたが、勝って、あの方を手に入れるつもりでした」

勝つつもりと言われても悔しくはない。実力の差は、はっきりしていた。

「殿下は一言で私の集中を乱された。こうなったら、カリィ公爵位をいただいてもよろしいですか？　一族が煩くてたまりませんので」

「そのつもりがあるから言った。この名門を断絶させるには惜しいからな。シャルロットは私の妻になって、いずれ王妃になる……予定だ。屋敷や財産を相続するのも君だ。シャルロットには大切にしたい図書室がある。それを守ると約束してくれ」

「シャルロット様の願いなら、何をしてでもお応えしたいと思います。ですから、まぁ、最終的には、殿下に危害を加える気はなかったわけですが」

「危害を加える気はなくても、私にシャルを諦めさせたら、それで目的達成か」

　含み笑いをしたバートンは《無理だというのは分かっていました》と、少々気弱に言った。強い男のくせに、どこか可愛《かわい》らしさがある。フランシスもまた、シャルロットと同じことを思っていた。

　二人の会話を近くで聞いていたサミエルが叫ぶ。

「僕をどうするつもりだ。結果として丸く収まったなら、僕は何もしていないと同じだろう！　放すよう兵たちに言え」

「お父上が判断なされるでしょう。詳細な報告を上げるつもりです」

　バートンが冷やかに答えれば、サミエルは唇を噛《か》んだ。

　鞘を持って来た兵士にサーベルを渡す。サミエルや、その取り巻き連中は、兵士たちに守られつつ引き立てられてゆく。外は雪なので、屋敷の一室にでも監禁する手はずなのだろう。

　フランシスは、サミエルの今後に興味はなかった。いま考えるのは一つだ。

　閉じ込められていた部屋から解放されて、執事が奥から小走りで出てくる。そちらへ目をやって、フランシスは言った。

「私のコートを持って来てくれ」

　隣に立っているバートンが驚いてフランシスに聞く。

「外へ行かれるのですか？　サミエル様の屋敷へは衛兵を回します。雪の中の行軍には慣れていますから」

「自分で行く。当然だろう？」

笑って言えば、バートンは困った顔をして首の後ろを掻いた。フランシスを止める術がないことを彼は知っている。

「フランっ‼」

ホールに響いたのは、高く澄んだ声だ。

フランシスは、雷が落ちたように激しく戦《おのの》いて振り返る。

彼の視界に入ったのは、開けられた玄関扉と、外で待機していただろう二人の衛兵、そして、その間に立つ白いもの。

驚愕で目を見開いたフランシスは、一瞬後には大きく笑う。笑いながら泣いているような、泣き笑いの顔だ。彼は震える声音で言った。

「スノーマンのようだよ、シャル」

美しい金褐色の瞳から溢《あふ》れて頬を伝わったのは、雪ではないだろう。

彼女の足もとがおぼつかない。こちらへ来ようとして、ゆっくり膝を曲げて崩れてゆく。フランシスは全速力で走ってシャルロットの前に行くと、その身を抱きしめた。

「――歩いてきたのか。ばかな。身体がこんなに冷たいぞ」

「フラン、フラン、無事で良かった」

「迎えに行くところだったんだ」

「今度は、わたしが来る番、でしょう？　だから歩いて来たの」

ほとんど床に座ってしまったシャルロットは、抱きしめられながらフランシスの背中に手を回す。過去と現在が合わせ鏡のようになって脳裏を巡る。

共有できる思い出があるのは、なんと幸せなことだろうか。二人はきつく抱き合った。

ふぅと息を吐いたのはバートンだ。隣に来たザットが、ホールの先で抱き合う二人を見つめながら言う。

「失恋決定ですね」

「確認などしなくてよろしい。結婚の申し込みは、ずっと前に断られているんだからな。いまさら心が疼くこともない」

「そうですか？　決闘までする気になった恋心でしょ」

頭の上にごつんと拳固を食らって、ザットはその場で蹲った。


雪の中を歩いてきた冷えた体は、風呂で暖めた。軽い食事も済ませる。ベッドへ入るころには明け方近くになっていた。

シャルロットが自分のベッドの横に立った途端、先に来ていたフランシスが腕を伸ばしてきて、上掛けの中に引きずり込まれる。

「フラン。眠っていたのではないの？」

「シャルを待っていた。話がしたくて」

話というわりに、シャルロットが着ている夜着を脱がしてゆく。問題が収束したせいかフランシスは何も着ていないので、小さな灯だけの暗さでも、目のやり場に困ってしまった。

男性は真冬でも裸で眠ると聞いているが、寒くはないのだろうか。

フリルの付いた肩紐がするりと下ろされる。胸のところはギャザーやリボンがたくさんあるが、それらも一緒にするすると下げられて、乳房が外に出てしまう。

そこに手を当てて、包みながらゆらゆらと揺すられる。撫《な》でられ、ぐっと掴まれると痛い。痛いと口にする前に、揉まれる。すると息が上がってくる。

いつもの手順でいつものように感じてしまう。

シャルロットは喘《あえ》ぎながらフランシスに抗議した。

「は、なしが、あるって……あ、……」

彼女の上に覆《おお》い被《かぶ》さっていたフランシスは、ため息を吐いてから、身体から力を抜いた。羽毛の上掛けを被り、シャルロットの上でぐったりと脱力している。

「重いです」

小さく言ってみた。するとフランシスは、リネンに下ろした己の腕に力を入れて、多少重さを軽減してくれた。密着しているのに変わりはない。

彼は文句の口調で言う。

「話をしないといけないのに、すぐに抱きたい。でも話を――」

欲求と理性の間でループしているようだ。シャルロットはくすくすと笑ってしまった。

どうしたことだろう。フランシスは大学のころの彼に戻っている。

「悪い。叔父上の書類と手紙を勝手に見た」

「……それは、構いません。フランにお見せしようと思って、屋敷に来てくださいとお願いしたのですから」

「愛する人に見せなさいと書いてあった。私の名前は一字もなかったよ。あなたが愛しているのは私、でいいかい？」

シャルロットの肢体の上に載っているフランシスは、顔を彼女の肩のところから下に向けているので表情が見えない。

指摘されると思い当たる。リチャードの手紙には、確かに、一言も、フランシスに見せるようにとは書かれていなかった。

かぁぁっと顔が上気する。

（わたし、行動で告白していたのね）

顔を上げて上半身を少し反らせたフランシスが上から覗《のぞ》き込《こ》んでくる。

「愛している、シャル。結婚してくれ。傍にいてほしい。いつも見ていてほしい。私が自分を見失わないように」

青緑の瞳に見つめられて脳裏が熱くなる。くらくらとした。

「生涯を共にしよう。返事は？」

「は、はいっ。よろしくお願いしますっ」

「ふ……っ、ははは、は……っ、まるで講義のときのようだよ、シャル」

大きく笑うフランシスの笑顔が好き。

「愛していると言ってくれないのか？　私は言うぞ、何度でも言う。シャル、愛している。愛している、あいし」

「愛しています。フランっ」

永遠に言われそうなので、急いで返した。フランシスはまた笑った。

――好き。愛している。あなたと出逢えてよかった。リチャード様、あなた様がいらっしゃらなかったら、フランシス様に出逢うことはなかった。ありがとうございます。

抱き締められて口づけられる。シャルロットは自分の肉体の流されやすさに驚愕した。

胸を揉まれて喘ぎ、乳首を摘まれて声を出す。あっという間だ。

「あん、アー……ん」

夜着は胸が出た状態で脱がされるのを止められたから、腹のあたりでくたくたと折り重なっている。柔らかくて薄い布だ。

足の間に入ったフランシスの手が、下から潜って下肢を愛撫《あいぶ》していた。

「あん、あん……ひあぁ……っ――」

ひくんっと痙攣《けいれん》したようになって腰を彼の方へ浮かす。なんと淫らな自分。

――フランが拓いて、育てた躰《からだ》だから。

初めての人。涙を流しながらでも縋《すが》り付《つ》いてしまう人。肉体は心より正直に応える。ぐっしょりと濡《ぬ》れて、フランシスを喜ばせた。

やがて男根が襞《ひだ》を押し広げて内部に入ってくる。

「あん……、フラン……もっと、奥を……」

「奥を、どうされたい……っ、シャルっ」

「犯してぇ……っ、もっと強く、突いて、擦って……あぁっ」

背を反らして身悶えながら彼を求める。髪を振り乱して、より大きく足を開く。自ら腰を振って、迎え入れた雄を蜜口で締め付ける。

シーツの上に放置していた腕を上げて彼の方へ伸ばしたシャルロットは、フランシスの首にそれを回すと縋り付いた。

脚は、彼の腰の両横から膝を曲げて背中へと回し、足首のところで組んでしまう。こうしていれば捕まえておけるから安心と言わんばかりだ。

夜着の裾が何重にも折られて腹の上にあっても、下肢は丸出しで彼に向いている。

「布が邪魔で動きにくいな、シャル……、こんな状態でも……ほしい？」

ふるりと頷いた。

「貪欲だな」

呆れた声で笑われても腕が離せない。どうしたことだろう。想いを告げることができたからだろうか。

以前のフランシスが感じられたから、安心したからかもしれない。どれほど淫らになっても、突き離されることはないと、肉体は心よりもよく知っているようだ。

奥を突かれ擦られているうちに、内部で込み上げてくるものがある。快感ではない。もっと激しく熱い波がくる。

膨れ上がって来るのは、愉悦を混ぜた放出欲だ。

「あんっ、だめ、離れて……っ、なにか、あぁっ、出そうっ」

フランシスの口角が上がる。目も笑っていた。シャルロットは必死に首を振る。

「汚いから、離れ、て……出て、しまう……フラ、ン——っ」

「出せっ」

低く言われて、さらに激しく抽出を繰り返されると、もうとめられない。信じられないほど

の愉悦が襲ってきて、シャルロットは細かく痙攣しながら放出した。

迸《ほとばし》るのは透明で匂いのない大量の液体だ。まとわりついている夜着をたっぷり濡らす。

「きゃぁ――……っ、あんっ、あ……」

内部の収縮も同時に起こる。悦楽の場所で達して、そのままの勢いで内側からこみ上げたものを解き放った感じだ。

「あぁ――……っ……」

気持ちが好かった。本当によかった。体液を最後の一滴まで絞るように出すと、意識が朦朧として何が起こったのか分からなくなる。

快感で達したとき、同時に出した体液と一緒に自分自身がすっかり解き放たれた感じだ。

激しい息遣いが次第に収まってくるのに合わせて、徐々に込み上げてきた眠気の魔力に取りこまれてゆく。目を閉じた。

最後までまとわりついていた夜着をすっかり剥《は》ぎ取《と》られて裸体を晒《さら》しても、目を開けられない。額にキスをされて、ようやく声を出す。

「汚くして、ごめんなさい……」

掠《かす》れた声を振り絞って、かろうじて言った。

「汚くはない。色もなければ、匂いもない」

「人の躰って、不思議」

「そうだな」

たわいもない話をしながらも、フランシスの手は卑猥に動いている。胸を持ち上げたり、赤い突起を口に含んだり。

茫洋としているシャルロットはなされるがまま受け入れるだけだが、そのとき脳裏をかすめて考えたことが言葉になって出た。

「ぁん……、あ、わたしね、学校を創りたい。女性のための大学……。だめかな……」

「ん？」

驚いた様子で止まった手が、それ以上を話さないシャルロットを促したいのか、淫靡《いんび》な動きを再開する。

胸は弱いと思う。揉まれるのも好きなら、そこにキスをされるのも好きだ。遠い刺激だったものが快感となって次第に近づいてくる。

「あ、……んっ、ん——……、フラン、っ、まだ、するの……？」

「私が満足するまで。……だめか？　シャル」

「あ、あぁ……、い、い、いいわ……ぁ」

陰核を弄《いじ》りながら言われると、なんでもいいと言ってしまいそうだった。

彼の手はきっとすごく濡れている。下肢から聞こえる水音が、彼女を追い上げて身をくねらせる。押さえつけられると、さらに肉体が焦がれた。

「うん……いや、ヘンよ、こんな……あ、あん……」

達して放出までしたというのに、躰の芯熱は少しも消えずに残っていた。内部を掻きまわされるとすぐに炙《あぶ》られたようになって疼き始める。

「あついわ……フラン……、ア——……っ、……」

肉体の芯が熱い。

「肌が、熱くなってくる——シャル……」

再び繋《つな》がってきたフランシスの男根は、シャルロットを大いに狂わせた。


冬の夜はベッドで包まるのがいい。好きな人の腕があればなおいい。暖かく眠れる。

ずっと前から知っていたことだ。

窓の外は雪。泥の海を越えてきて、暖かく包まれば、白い雪の綺麗《きれい》さにも意識が向く。静かに降り積もる雪は、空の上からはどう見えるのだろう。

——リチャード様。フランシス様と一緒にいます。ずっと一緒です。

自分には二人の父がいる。それはとても幸福なことだ。

しかも隣には優しくおおらかな夫——予定の人——が眠っている。これ以上の何かを望んではいけないと思いつつ、シャルロットは女性のための大学のことを思った。女性には許されないあの場所のことを。

「何を考えている？」

いきなり声が聞こえて、シャルロットは驚いてそちらを向く。

「……いろいろです。……昔のこととか。そういえば、大学のころ、どうしてわたしが女性だと分かったのですか？」

「林で絡まれていたのを助ける前から分かっていたよ。どうしてって、見れば分かるだろ？」

「分からない人もいたと思うのですけど」

「そういうやつは鈍いんだ。あなたを狙う連中を排除するために、かなりあざといこともしたなぁ……。〈シャルル〉と一緒に行動するようになると、手を出したくなって困った。我慢するのが大変だったよ」

シャルロットは笑う。フランシスも笑った。


雪が降る。

大学でしていたように、明日はみなに交じって雪かきをしよう。

終章

王太子殿下の結婚式は盛大で当たり前だと侍女たちに言われた。執事はもちろん、メイド頭や庭師にまで《頑張ってください》と——。

花嫁には、結婚の感慨にふける暇などない。とにかく《頑張る》国家行事のようだ。

大聖堂のある国一番の教会で執り行われる。花嫁の控室も数部屋用意されて、特別仕立てのウエディングドレスを長時間かけて着付けられる。笑みはもちろん絶やさない。これだけで十分疲労した。

シャルロットはカリィ公爵家の娘としてフランシスに嫁ぐことになった。フランシスの手配で新たな公爵として国王から宣下を受けたバートンが、なんと、彼女を養女にしたからだ。

リチャードの意思を継ぎたいと彼は言った。図書室も大切にすると、約束もしてくれた。

『これで、煩《うるさ》くてたまらなかった一族連中も黙るでしょう。ありがたいことです』

嬉しそうだったバートンには、涙交じりの微笑しか返せるものがなかったが、彼はそれで十分ですと彼女に言ってくれた。

慌ただしく毎日が過ぎて、シャルロットは今年二十一歳になる。ようやく態勢が整ったからとフランシスは言い、挙式の予定が組まれた。

サミエル派は壊滅して、いまやフランシスに逆らえる者などいない。この結婚は、その現状を最大限に活用した彼が、無理矢理のごり押しをした結果ではないかと思う。

国王陛下はあっさりと許可をくださり、《大層喜ばしいことだ》と言葉までもらった。

シャルロットが、《もしかしたらリチャード様から何かお聞きになっていらしたのかもしれないわね》と言えば、フランシスも同感だと答えた。

ドレスの最後の点検も念入りだ。ブーケを持って鏡の前に立っているとき、花嫁の控室の扉が軽く叩《たた》かれた。

踊るようなリズム感のあるノックだ。

「ブラウン教授ですね。お入りください。用意はほぼ終わっています」

扉を開けて入ってきた教授は、かつてと少しも変わっていない。研究者は、年を取らないものなのだろうか。

ブラウン教授は、シャルロットを上から下まで眺めて片眼鏡をくいっと上げた。

「あのころの様子からここまで変わるとは、女性というのは神秘の塊だね。いや、美しい」

「ありがとうございます」

「相手は、フランシス殿下か。シャルロットはいつかそういう選択をすると、私は予想していたよ。予想が結果を伴って証明されるのは気分がいい」

ふぉっふぉっと笑う。シャルロットは頭を下げた。白いドレスの裳裾《もすそ》は、衣装係の侍女たちが押さえていたので摘まめていない。

「父親代わりの役をお引き受けくださいまして、ありがとうございます」

「リチャードが存命なら、あいつがやっただろう。たまには、あいつの意志も組んでやらねばならん。バージンロードで花嫁の手を引く役割など、そう何度も巡ってくることはないし、喜んでさせてもらうよ」

「それでお願いがあるのですが」

シャルロットは、連れてきていた執事を呼ぶ。

執事に持たせておいた封筒を教授に渡す。教授は興味深そうに手に取った。

「それを胸ポケットにいれておいてくださいませんか？　リチャード様からの最後のお手紙なのです」

「ふむ。これを持って一緒に歩けばいいのだね？」

「はい。お願いします」

「分かった。そうしよう」

教授はその場で上着の内ポケットにそれをしまう。書かれていたことについては一言も聞かない。それが教授の教授らしいところだ。

――リチャード様。今日、フランシス様の花嫁になります。

これから先、シャルロットの住処は王太子宮になる。

結婚式は各国貴賓を招いての晩餐《ばんさん》、夜会、舞踏会がセットになって一週間ほど続く。そのあと、二人はハネムーン旅行へ出る。

一週間の最後の日に、シャルロットとフランシスはリチャードの墓碑銘が入った石の前に並んで立った。王家の墓地の一角にある。

シャルロットがしゃがんで置いた花束が春の風に揺れている。春の花をたくさん入れてほしいという彼女の要望に沿った花束は、優しい色合いで纏められていた。

それらを見つめながらシャルロットが呟く。

「リチャード様。カリィ公爵家はバートンさんが引き継ぐことになりました。図書室のことは、くれぐれもとお話しておきました。私も時々様子を見に行くつもりでいます」

実直でまじめで実力のあるバートンは、公爵家を守りながらフランシスの後押しをしてくれるだろう。今後は共闘して、国政にも関わってゆくと思われた。

バートンは案外、将来はリチャードのようになるのではないだろうか。

シャルロットは、横に立って彼女を見つめるフランシスに顔を向ける。

「フランシス様。お願いがあります」

「ん？　なに？」

「持参金は、私の思うままに使ってもいいでしょうか」

バートンが持たせてくれたものだ。カリィ家の財産の半分に近い額に驚いてしまった。シャルロットが遠慮したいと言えば、《リチャード様がいらっしゃればこういうふうにされたでしょうから、受け取ってください》とバートンに頭まで下げられてしまった。

フランシスは明快な答えをくれる。

「構わない。王家の財力からすれば、影響もない。かなりの額だが、何に使うのか聞いてもいいかい？」

「女性のための大学を創りたいのです」

「……それは、前に聞いたな」

「え？　いつ？」

その答えは得られないようだ。フランシスはじっと考えてから言った。

「大学よりも、基礎知識を教えるパブリックスクールを男女で受け入れられるようにするのが先かもしれない。隣国ではその試みが始まっているらしい」

「全寮制なのではありませんか？」

「だから、財力を有効に使うなら、女子寮を加えればいいと思う。基礎知識がないと、大学のような専門知識を教える場所を作ってもついてゆけない。そうだろう？」

〈シャルル〉のときのことを言われていた。

「そうでした」

「急ぐことはないよ。王妃になって提言できるようになれば、国の予算も使えるだろう。もっと大規模に進められる」

フランシスはシャルロットにゆるりと腕を回すと抱きしめてきた。

「少しも反対なさらないのですね」

「子供を育ててゆく母親が、無知が怖いと思うようではいけないからね。女性にも学ぶ機会を渡すというのは、大いに賛成するよ」

はっとして顔を上げる。《無知が怖い》。それは彼女の言葉だ。

「旅行へ行くだろう？　視察の場所の中にパブリックスクールもいくつか入っている。じっくり見てこよう」

明日からの旅行の行き先は、忙しい中でフランシスがピックアップした。大学都市などが入っているのを彼女は大層喜んだ。フランシスは、学校を創りたいという彼女の望みをどこかで耳にして——どこで？　——そのための行き先を厳選したのだ。

ほろほろと涙が零《こぼ》れた。彼の胸に両手をあてて上着をきゅうと握りしめる。

おつきの侍女や近衛兵は、墓地の外で待機になっている。周囲には誰もいない。だからこうして抱きついていても、王太子に対して無礼だと言われることもない。

「フラン。愛しているわ」

「私もだ」

軽く合わせるだけのキスをした。リチャードの墓前で誓いの口づけだ。

肩を抱いてきたフランシスに寄り添って歩き出す。

暖かな春の風が、彼らを包んで空へ舞い上がっていった。

あとがき

こんにちは。または初めまして。白石まとです。このたびは「王太子殿下と秘密の貴婦人」をお手に取ってくださいまして、まことにありがとうございました。

大学のことなど、事前に調べてはいるのですが、お話の中に組み込むときに自分仕様に変えています。いつもそうなのですね。他にも自分仕様にしている部分がありますが、それがこのお話の世界であると、どうぞそのままお受け取り下さい。よろしくお願いします。

大学時代のところは、書いていて笑ってしまいました。あまりにもベタで！　自分ながら気恥ずかしくなってしまいましたよ。でも、こういうのが楽しいのですね。

二人一緒にいて、危ない線を越えそうで越えずに、わけもわからず無我夢中でうろうろするのが私的ツボなのです。視線は何よりも心のうちを語り、一途に相手を見つめるのですね。それなのに、言葉にするほどの形もなくて気が付かない。あぁ、いいわ。

男装を書くのも非常に面白かったです。また書いてみたい。

ヒロインのシャルロットもヒーローのフランシスも、書いているうちに次第に強くなってゆきました。芯が強いというより、人としての力があるのです。羨ましい。

今回一番強かったのは、カリィ公爵リチャードですね。でも、そんな彼でも、妻にしたというところに弱さがあるのですねぇ……。（彼についてはもっと語りたいのですが、内容に触れてしまうのでここまで、です。ザンネン）

どうしようもない事情や気持ちが入り乱れて話が進んでゆきます。現実でもそうですが、物事が流れてゆく順序やタイミングというのは、ときおりひどく不思議な形になります。タイミングの妙というのは本当に神の一手だと思いますね。

表紙と挿絵は、みずきたつ様です。シャルロットが可愛いです！　とにかく可愛い。彼女を取って食いそうなのに、フランシスもなんだか可愛く見えますね。私がそういうつもりで書いていた部分があるからかもしれません。

表紙画像をいただきまして、最初に目がいったのが鍵です。うわぉという感じで、なんとゴージャスな鍵なのでしょうね。キラキラですよ！　持ってみたいです。そこにチェスの駒ナイトがいますよ。技ですね！　みずき様、ありがとうございました。

この本が出るにあたって、関わっていただきました多くの皆さまに感謝いたします。

本が出るのが嬉しいです。読んでくださるみなさまには特大の感謝を捧げたい。

次の本でまたお逢いできますよう祈っております。

白石まと

Mitsuneko Label

蜜猫文庫をお買い上げいただきありがとうございます。
この作品を読んでのご意見・ご感想をお聞かせください。
あて先は下記の通りです。

〒102-0072　東京都千代田区飯田橋 2-7-3
(株)竹書房　蜜猫文庫編集部
白石まと先生 / みずきたつ先生

王太子殿下と秘密の貴婦人

2015年12月29日　初版第1刷発行
著　者　白石まと
発行者　後藤明信
発行所　株式会社竹書房
〒102-0072 東京都千代田区飯田橋 2-7-3
電話　03(3264)1576(代表)
03(3234)6245(編集部)
デザイン　antenna
印刷所　中央精版印刷株式会社

Printed in JAPAN
ISBN978-4-8019-0576-4　C0193
この作品はフィクションです。実在の人物・団体・事件などには関係ありません。

置き去り姫と
黎明の騎士王
小出みき
Illustration ことね壱花
身も心も、俺が
奪ってやる
実母に疎まれ、陥落寸前の城に置き去りにされたリジィア。彼女を捕らえた敵将アンジェロは、リジィアの父によって殺された先王の遺児だった。人質としての価値もないリジィアを苛立ちのままに陵辱するアンジェロ。「強情な女だな。快楽を極めれば、少しは素直になるだろう」巧みな性戯に翻弄され、痛みの中にも覚えてしまう甘い悦び。時に彼女を憎むようなことを言いながらリジィアを厚遇し、毎日のように抱く王子の真意は!?